U0858471

心中有片海的人

简婞——著

你的眼里　有海一样的烟波蓝

人不应该过度炫耀自己的痛苦，

因为任何一条街道的拐角仍躺着比我们更痛的人。

青春是神秘且炽烈的，凡我们在那年岁起身追寻、衷心赞叹之事，皆会成为一生所珍藏。

不要说出他的名字，如果有一天，我能从你的眼神、言谈、诗读出他是谁，表示我懂得你们的爱情。

住世而不沾黏于世，承苦而不怨怼于苦，迎接喜悦而不执着于喜。

风吹过树林，叶声窸窣。仿佛有人在风中低语，“爱”字太重了。

每个人成长的困境不同，

但我仍然相信，对生命热爱、对梦想追寻的这份毅力，会引领我们脱离困境。

不要轻易认为今天就是末日，因为明天的太阳跟今天不一样。

活着，就要活到袒胸露背迎接万箭攒心，犹能举头对苍天一笑的境地。
因为美，容不下一点狼狈，不允许掰一块尊严，只为了妥协。

若人生如逆旅，谁不是行云？

唯寻着永恒生命者，唯能纵身化成一道甘泉，向三千大千世界洒去。

目·录

第一章

当月光在屋顶上飘雪

第二章

在追寻途中

第三章

爱情，是我在这世上唯一懂得的事情

第四章

烟波蓝

第一章 当月光在屋顶上飘雪

天堂旅客

泥水匠阿福被带到旅馆房间门口，穿白制服的侍者念了几条注意事项，嘱咐他不可乱跑、等候分发后，急急忙忙走了。现在正是旅游旺季，刚刚阿福看见好多旅行团还在大厅等候 check in，虽然有很多疑问想要请教，但他体谅工作人员人手不够，也就打消了念头。

阿福进门，看见有个人坐在单人床上掩面痛哭，手上露出晶亮的腕表及一颗蓝宝石戒指，那套质感高档的深色西装令阿福羡慕死了。

他把水泥抹刀放在另一张单人床边，开始打量房间设备。烟波蓝色调的装潢使整个空间如初春的海洋般充满生生不息的魅力，阿福憨憨地开出一朵微笑。

“你是谁？哟，吓死人，血……”那人按了电话铃，由于肥胖过度引发气喘。阿福脱下沾满血迹的衬衫进盥洗室冲洗，听到话筒传来女人回话：“没办法，他比你晚三秒钟报到，按规定两人一间嘛……换房间？先生，你以为你在凯悦饭店啊！领导人来也一样，给我闭嘴！”

阿福安静地躺在床上，感到未曾有过的舒适。他一辈子没住过旅馆，甚至连房子都没有。

“什么破店！连 bar 都没！”那人嘟哝着。

他挨了刮，似乎接受必须与另一个人同住的事实，干脆把阿福当听众，掏口袋想拿名片，忽然自嘲：“什么都没了！”阿福恭恭敬敬坐直，掏出半包烟敲一支敬过去。“太好了！医生根本不准我抽。你知道，命要紧哪！”他接着以充满感情的声音怀念医生、家人及豪华宅邸、可爱的台北市，当然包括致富诀窍。阿福完全听不懂，他印象中的城市好像不是这样，也许人家运气比较好，他想。

次日，侍者拿来两张成绩单载明去处，稍后准备通关。阿福不识字，那人看了，笑容满面：“上头规定我们互换姓名，记住，你不叫阿福了！”

那人以阿福之名通关后被轿车接往天堂的花园洋房；而阿福聆听了几条罪状后，走路到贫民窟，表现良好的话有机会申请公宅。阿福觉得蛮好的，庆幸自己摔死前握着抹刀，又可以做泥水匠喽！

三只蚂蚁吊死一个人

——谈挫折

一只红蚂蚁，一只黑蚂蚁，一只白蚂蚁；架起它们的天线，穿好行军靴，排成一路纵队，踢着漂亮的正步，誓师讨伐。

三只蚂蚁雄兵，寻找一处名为“人”的肉体丛林，开始挖战壕、修栈道、布设地雷、搬运粮草，依人体结构划分游击战区，它们非常聪明地把总司令部设在头发地带（如果那个人不是秃头的话），在举行简单而隆重的升旗典礼之后，随即互授军阶，分派突击任务，成立后援小组。当这些事都依照时刻表完成时，天色也晚了，它们象征性地拿几滴毛细孔内的余汗擦个澡，夜来扎营于耳朵内。它们轮流当卫兵，以防人的指头突然掏耳朵此种颠覆的阴谋。如果一宿平安，第二天准时吹奏起床号，集合报数、点名喊“有”，一起做蚂蚁体操，呼个口号。

三只蚂蚁不打仗的时候，喜欢围坐一圈，读《南柯记》传奇小说，它们允文允武，以儒将自许。当高声朗诵到“中有小台，其色若丹，二大蚁处之，素翼朱首，长可三寸。左右大蚁数十辅之，诸蚁不敢近，此其王矣”时，必同声悲叹、痛哭流涕，不能自已。它们矢志为蚂蚁帝国失落的光荣传统献出热血，以一己为牺牲，图万世之大业。它们的兜儿里都揣着蚁王的正面半身御照，晨昏定省，以示服膺领导。当黑蚂蚁目光炯炯，逼视同袍说：“这是一个非常的时代，一个救亡图存的时代……”两只蚂蚁不禁悲伤地俯首，遥想家乡的小蚂蚁子孙正濒临断粮危机，嗷嗷待哺地等着它们掳回“大虫”以熬过寒冬。两只蚂蚁捶胸顿足，忍住眼泪，与黑蚂蚁一起又呼了个口号。

挫折像英勇的蚂蚁兵团，以缜密的作战计划，单点突破，化整为零，逐步展开：头发之役、眼泪溃堤、极机密嘴部坚壁清野策略、手脚大捷，并且运用心战喊话，使名为“人”的这只大虫突破心防，自动倒戈，撞墙抹颈割腕，一时三刻昏厥过去。胜利的时刻终于来了！三只蚂蚁扛着敌人的躯体，踩着漂亮的正步，浩浩荡荡朝着蚂蚁国的康庄大道前进——事实上只有两只蚂蚁扛人，因为必须有一只蚂蚁在队伍前面打起胜利的旗帜；它们经过激烈且复杂的猜拳才达成协议由黑蚂蚁掌旗——它们顺便决定凯旋时不呼口号，改吹口哨。

挫折就是这样，叫人死不了，活着又不爽快。好比春花浪漫的季节里，早晨醒来，发现身上的薄被爬满蚂蚁。在你还没有惊叫之前，它们已经为丰盛的早餐做过祷告了。

挫折不单独来，它带着子子孙孙一块儿来。被三只小蚂蚁打走的人，似乎只有两条路：成为俘虏，或反败为胜毙了它们的蚁王。

挫折饥不择食，只要是内分泌正常，带人味儿的，全是三只蚂蚁搬运的对象。管你帝王将相、贩夫走卒，管你美若西施、丑若嫫母，它们全看上眼。若有人说打从出娘胎到现在，不知道蚂蚁这小可爱的，必是瞎掰；说活到这把岁数没经过挫折的，除非石人木心。那就对了，三只蚂蚁的气力够吊死一个人，当挫折来时。

要我翻账本儿，查查挫折这笔开销，说真心话，有那么一点难。好比考我哪块蛋糕、哪片饼屑招过蚂蚁，八辈子也想不起来。我一直处在挫折之中，日久生情，把眼睛也瞧顺了。对走到哪里蚂蚁队尾随而至的人而言，没那等闲工夫赶它们的。

自从我练就半游戏半认真的人生观之后，人生道上的枯木漂石、鼠屎蟑螂鞘，随它们爱来就来，爱去即去。情感受创、事业多磨，也不过像一锅好汤漂了一粒蟑螂屎，舀掉它，汤头还是鲜得很。遇人不淑、怀才不遇，加点破财消灾，也犯不过扯肺动肝拉一摊鼻涕眼泪。照我的老法子，蚂蚁舔过的甜糕我一样吃，如果它们很慈悲留给我的话。

挫折，是我道上的朋友。当然，这是经过多次被莫名其妙打进蚂蚁窝之后，才换帖的。

在我还没有认识可爱的蚁兽之前，那是我这一生中最辉煌的岁月。我相信必定有几位长翅膀的仙女成天无事可干，扇着小翅跟着我在乡村的每一条路上飞来飞去。我甚至以为，过于奇妙地躺在稻梗上模仿云朵的姿势，或眯着眼睛摇头想把世界全部晃成绿色这种傻事，必定是她们促狭着哈我的脚丫才使我变得如此快乐，莫名其妙地快乐。我至今想起那些短暂的时光仍会心痛，因为人不应该那么无邪地快乐，它的消逝，意味着仙女们的早夭，因为我不小心误跨人世的门槛，不得不开始早熟。

从此以后，快乐像乞丐碗内的剩饭残羹般值得感恩，因为，挫败与痛苦才是我们本分的粮食。

意外。总是意外。在我生命历程里的挫折事件从不肯慢慢撒苗、冒芽，以让我储蓄应变能力去挡它。它们突然发生，一次来临足以崩垮我所依循的秩序，逼我不得不从废墟中捡起碎成片儿的自己，离弃旧土，再找一处荒野，打桩砌墙安了身。我总是清楚，这一走便永远回不来了，那儿的风土人物与故事，都将成为储放记忆的抽屉里的碎纸头、破画片，以及不能再咬住什么的回纹针。

如果历经挫折也像蛇必须蜕皮的宿命，我猜想我所蜕的皮够织一条拼花地毯吧！

但是，人不应该过度炫耀自己的痛苦，因为任何一条街道的拐角仍躺着比我们更痛的人。能够正常地一肩挑起自己分内的破败玩意儿，毕竟是一种福气，有些人遭遇到的袭击，压根儿非他能力所能负荷。譬如有着五十公斤肩力的人担四十公斤石头，与有着十公斤肩力者挑二十公斤担子，哪个重呢？

我这样看挫折，渐渐把它当作修行。

人生的结构，也像月之阴晴，草树之荣枯，一半光明一半黑暗。我们之所以容易受伤，乃因为在尽情享受美好的一半之后，更贪心地企求全部圆满。我们并不是不知道这个道理，却习惯在挫折来临时怨声载道，仿佛受了多大的冤屈。人是追求完美的动物，而完美只是激励人怀有向上意志的信念而已，人生的基础结构无法得出完美。

挫折的来临，有时象征一种契机。它可能借着颠覆现行秩序，把人带到更宽阔的世界去。它知道人常常不知不觉地窝在旧巢里拒绝变动，久而久之成为瓮内酱菜。它不得不以暴力破缸，让人一无所有，赤手空拳从荒芜中杀出生路。当他坐在新庄园品尝葡萄美酒回想过去的折磨，他会衷心感谢挫折，并且不可思议自己为何能在那只酱缸窝藏那么久！

挫折，开发了我们再生产的潜力。我已经不再觉得崩垮的故事与人物，有什么值得眷恋的地方，这种看来相当寡情的性格，根源于对人生有了更开朗的看法。过去的，好比一张被雨淋湿的旧报纸，不需要再背诵新闻内容，更犯不着以体温烘干冷湿的纸张。我但愿自己永远保持一种自信：现在拥有的比过去任何时刻都丰盛。

所以，三只蚂蚁背着绳索在我背后蹑手蹑脚的时候，我起了愉快的游戏心情。它们以为寻获了庞大猎物，流露出不懂得节制的快乐；我暗算它们将扛我到更曼妙的世界去，同样流露出过于猴急的表情。

反正，我已经被绑架许多次了，知道什么样的姿势有利于打包。反正，我已经无可救药地寡情了，当然不会捧着人生里的古董珍玩增添蚂蚁们的负担。它们喜欢绑我就绑吧，有时候不妨学习视一切如粪土，连牙刷也不要带。

三只蚂蚁像军人呼过伟大的口号之后，又激烈地猜拳，这时间够我在它们胜利的旗帜“战俘一名”底下填写自己的名字。当它们达成协议又经过热情的握手礼仪，终于发号施令“一、二、三、四，左脚、右脚、前脚、后脚”，一面踢着漂亮的正步，一面抽出天线，收听广播电台是否播报三只蚂蚁吊死一个人的新闻号外。

它们过度兴奋以至于不曾发觉，扛着的那个人正在打呼，尾随在后的仙女们扇着小翅膀，把七彩的鼾泡扇到天空，三只蚂蚁误以为远方蚁国正为它们的胜利施放烟火，非常感动地朝着鼾泡行举手礼，又激动地呼了口号。

请沿虚线剪下

接着画一把剪刀。在报纸斜角、洗发精包装纸上，一条虚线像丘比特的嘘嘘朝着梦幻的国度撒野。如果身边正好有一架削铅笔机，将两指削尖，咔嚓咔嚓“请沿虚线剪下”。

故事通常这样开始。填妥姓名、住址，贴上明信片参加疯狂大抽奖：港澳机票、奔驰轿车和香艳的、柔软的神秘礼物。接受诱拐不难，难在以虔诚的手势朝幸运之神早晚膜拜，并且像王宝钏一样哀怨地微笑；难在鼓动大舌，当别人正沿虚线剪下时，奉劝他别吃亏上当。唉！夜来多梦，听到奔驰在巷口揿喇叭，就像月光下，胡立欧的令人肠子都碎了的情歌。

皇历与蟾蜍戒指不可少。切记！出门时蟾蜍的嘴朝外，入门朝内，如此才能咬住天鹅肉。抽奖当天，翻阅皇历看今日偏财位于北北西或东南东，深巷无路原地踏步亦可。

谜底揭晓，持放大镜读榜单找自己的名字，谨防心脏病突发或脑中风，终于抽中奔驰轿车——的钥匙环；港澳机票管去不管回，限三日内起程；或千里迢迢请你上特约便利商店领取香艳柔软礼物——铝箔包洗面奶一包。爱需要恒久等待与长久忍耐，爱需要随时随地捐点香油钱。

一个故事的结束是另一个故事的开始，盆地内渴梦的族人，咔嚓咔嚓，请沿虚线剪下。

销魂

忽然，我很无聊地想：为什么制造家电用品的大爷们老是用“铃”“叮当叮当”这种没感情的声音虐待我们的耳膜？为什么不用老虎的咆哮声当门铃，用蛙鼓取代电话铃？如果办公室的电话像青蛙一样兴奋，多逗啊！

我这样无聊是有原因的——从闹钟、门铃、电话、笛音壶到洗衣机的警告铃，它们像饿鬼的磨牙声，天天咬我的耳朵。就说闹钟，简直像个不可理喻的婴儿，不闹到起床帮他换尿布绝不干休，愈尽责的闹钟我愈恨。曾有一个老式三脚钟，响铃时全身乱动，漆黑的早晨睁着雾眼，看它像泼辣的胖妇，肉颤颤地从这点抖到那点，终于歪在枕头上了还在叫。我不好意思说出来怎么叫它变哑巴，那牵涉到很残酷的暴力。旧式挂钟也不好，每到整点，肺痨似的咳嗽，十二点就咯血，分针走到“6”，它清一声喉咙，那钟摆晃得我头昏，终于被我结扎了。

自从烧翻了一把铝皮水壶，只好买笛音壶。原以为蒸汽发声可以使我的厨房变成伤心的小火车站，孰料啼起来像凶杀案现场。我掀了它的唇，基于自卫。

根据调查，上班族最怕听到电话铃，其次是老板的声音。也许在固定薪水之外，劳方应该争取声音污染所引起的脑神经衰弱、悲观、性欲减退等精神赔偿。

希望有一天，我能定做一种门铃，它响起来是一首由低而高的情歌：“我爱你，我爱你……”我会飞快地跑去开门，不管电话青蛙叫得多么聒噪。

幻想专家

大约是在第一百零八次生命忧郁周期的最后一天，我拿着切蛋糕的透明塑料刀在左右手腕各划两刀，完成象征性的死亡仪式后，忽然非常厌弃每年四至八次不等的忧郁浪潮来袭时所玩的自决游戏，举凡像薛西弗斯一样把床搬到书房、书桌搬到卧房，或竖着枕头，拿头去撞（直接撞墙，头会痛），或躲入衣橱吊单杠，假装正在垂死边缘……拜蛋糕刀的启蒙，我发现自己的幼稚，还好没人知道这些儿童时期留下来的小孩玩具。

基本上，忧郁骨是天生的，当它意识到自己被禁锢在时间与空间、工作与责任、现实与压力的钢网中，如一朵娇贵的艳百合陷溺于逐渐凝固的水泥浆时，它便要求做主，企图叛逆、逃逸，当所有的努力彻底失败，便举行象征性的解脱，次日又兴高采烈地坐在办公桌前歌颂“上班生涯”。

现在，我熟稔另一种游戏，以阶段式的偷闲政策分化无药可救的忧郁痼疾。技术上，偷闲分为两派：行动派与幻想派。前者适合正常人，后者适合不正常者或穷人。

就行动派而言，翘个班到凯悦饭店喝下午茶或假日飞垦丁度假，算是初级班偷闲；中级的往巴厘岛或马尔代夫潜水，晒一张黑皮当纪念戳。然而对像我这般四体不勤、悭吝成性又缺乏求生能力的都会新贫而言，行动派的偷闲法实在太劳师动众了。

幻想，曼妙的幻想可以立刻解决偷闲欲，只要趴在桌上小眯，立刻前往无人的阳光海滩游泳，享受亮蓝的海浪在你身上冲击的快感，辽阔的海洋只为你一人合唱雄壮的夏日情歌，你可以高声呐喊、尖叫，用歌声诱捕在天空盘旋的海鸥；你的眼睛浸了海水有一点酸枣似的涩，但脚底被流沙与贝壳摩挲得十分酥痒。你仰泳，随着回潮在海上漂浮，好像一条水做的热带鱼，一只小海蟹不知何时爬上来，把你的身体当作光滑的、有芬芳气息的肉体岛，现在它四处搜索，进行迷人的田野调查。而你靠近了一座翡翠般的小岛屿，有人已为你凿破椰子，新鲜的椰汁渴望被你吮吸；不远处，烧烤的大龙虾已散出无法抵挡的香味了……

当幻想派的偷闲老手从海滩归来，正在寻思下回该去印度观赏恒河落日，还是潜入凡·高的麦田群鸦俯听土地内腹悲壮的鼓声时，行动派的偷闲者才刚刚抵达桃园机场，乖乖排队等着行李过磅。

艺术店员

逛街累得像一条阉狗，威胁朋友找家像样的咖啡馆小憩，否则休想要我走到地铁站。跟中国台湾比，日本的咖啡馆满街都是，但店面小得可怜，坐姿稍微放松可能贴到邻座的腿了。这家叫“青山”的，还算宽敞，二十来张桌子，中级装潢，灯光亮得像不用缴电费。

一落座，三份冰水与热毛巾立刻送到，朋友点了单，几句话工夫咖啡已经端来，杯盘干净、咖啡滚烫，对疲惫的我而言真是莫大抚慰。心情放松后，依例要朋友替我“偷听”两旁客人的谈话，这也是旅游猎奇之一，我想愈是高度文明的社会愈会出现双面人，白天是彬彬有礼的会社员工，讲究整体形象，下了班在酒吧、咖啡馆的闲聊内容，应该比较趋近真实吧！朋友说听不清楚，日本人讲话的声音很低。我有点怀念在台湾咖啡馆、茶艺馆内可以“打家劫舍”的乐趣，可以很快听到课长被排挤或丈夫刚割掉盲肠的浮生俗事，每个人都急着证明“我有一张大嘴巴”。太安静了令我发慌，摸出电子计算器玩，算这家店一个晚上能做多少营业额，才发现满座五十个人的店，只有两个服务生。

让我惊讶，在台湾像这种规模的店至少有五个雇员，有时还忙不过来。一男一女约二十多岁的年轻人怎么创造并实现这等高度服务力？我与朋友换位子，以便观察全场，才发觉服务质量不以人数多寡来决定，依赖的是精良的硬设备及有效的人为流程。那位高大英俊、外表洁净的男店员是灵魂人物，他主控吧台，调制饮料、清洁回收的杯盘，也随机递补跑堂、收银，动作漂亮、神速，四个客人才进门，已托出冰毛巾在一旁迎接，趁客人商量饮品的空当，他立即收拾其他桌面，抹净、换烟灰缸，托盘上各式杯碟叉匙堆栈有序，又趁机挪几步到盥洗室巡视干净与否，然后端起托盘回到吧台。此时，另一位女店员已送来几张订单，他立刻排出八个杯组，冰的、热的三分钟内完成，女店员送走四份给另外两桌，他自己端起四份，临走添了两份冰水毛巾，我才发觉又有两位新客入座。他一一放妥又顺路往下走，刚离座的客人还在结账，那张桌面已经干净了。

用最少的能量做出最大的功，难得的是始终面带微笑，仿佛这份工作是他的荣耀，所有的客人都是贵宾，观赏他的演出。基于这份荣誉感，工作对他而言不仅是技术也是艺术，每个环节完美无缺。只有尊敬自己的工作，自动提升到艺术境界的人才能博得赞赏与器重，因为技术可以学习、取代，艺术无法被取代。他现在是咖啡店员，但他不会永远是咖啡店员。

我跟朋友讲："今晚，我看到日本了。"

老歌

“韭菜开花直溜溜，葱仔开花结几毬；少年仔唱歌交朋友，老岁仔唱歌解忧愁！”

当我们吆喝全家一起去KTV“吼”歌时，八十岁的老祖母随口念出上一辈才懂的四句联，然后慢慢踱回她的房间：“你们去，我午睡！”

她的咏叹打动了我，那么平和自然的声音却蕴含深沉的人生滋味，仿佛大火燎烧后只剩一截木炭闪着微火，巨浪澎湃后化成沉默的流水，没有火焦味与浊涛，只有朴素的咏叹。我忽然懂，她一直是面带微笑在一旁观看我们的，看我们渐渐与热闹社会打成一片，相互玩耍于股掌之间，夜以继日擦出喜悦、怨言或升迁加薪之类的成就。而她跟大部分的老人一样，离人群愈来愈远，逐渐停泊在小小的空间，连欲望也烟消云散，只需朴素的衣服、简单的食物就够。她早已失去唱歌的雅致，类似清唱的是，每晚临睡前数算谁七点进门谁十点回来而已。生命的行程有其不可理喻又不得不接受的一面，很多人跟你一起长大，但只有一两个甚至没有人陪着你老，“韭菜开花直溜溜”就是这层意思，孤零零地在春日菜园中独叹，不像葱花那么热闹。

适才想上 KTV 唱歌的兴致冷了，我的心正在向她靠岸，顿然发觉自己与热闹群体之间拉出一条明显的距离，好像仲夏受了启蒙，毫不挣扎地滑向初冬。这种滋味无法聚众畅谈，毕竟不是学习心得可以口头报告，只宜在领受当刻独自低头莞尔。好像有另一个我已经过完人生全程了，现在的我只是追随者，但一直不知道自己履着她的旧路，忽然，在脑海里浮现一张长得很像自己的老脸而发现整个秘密，这就是我低头莞尔的原因。

再抬头，对人生的眷恋变得模糊了，虽然老花眼这件礼物还没有寄来。

迟来的名字

生活中很多事物与人，隔段时间想起来，忽然找不着了。

如果只有两双袜子轮换，少一只，人会马上警觉到，说什么也得找出来，不然出不了门。要是拥有一打，少两三双也不痛不痒，是替代性太高的缘故。

人，也如此。每天早上出门经过附近小公园，你可能注意到榕树旁总有一个打太极拳的老爷子，慢慢推手抬脚，仿佛跟世人无关，可又成为你每日早晨必见的风景明信片，彼此从未招呼、对话，你走你的路，他推他的拳；然而，对他而言，说不定你也成为那套太极拳的一部分，推到某段落时，总会看到你准时无误地走过去。

如果有一天，你忽然觉得少了什么，仔细一想，好久没见到打拳的老爷子了，至于多久，一星期？一个月？想不起来。心里若有所失，可又不严重，只不过一个小小的问号，不需要寻求解答，毕竟他与你之间谈不上关联，你很快忘记这件事。

居住的小区正在大兴土木改建旧屋，各种工程技术师几乎会齐了，大至拆除队、泥水匠，小至铁架匠、水电工、装潢师，甚至专门切石块石板的切石工人——用来铺拼贴式造型的客厅墙壁或壁炉表面，有些石材用在庭园走道、围墙。

我甚至不知道他的名字。老老的，约六十岁，泛黄的汗衫、粗布长裤，套一双塑料雨靴。骨架粗壮，皮肤烤焦似的，使他的五官隔着一段距离看，黑乎乎的，像一块炸坏的排骨。身子倒很硬朗，说不定岁数没那么大，只是常年曝晒的工作使他显老。

每天早晨，我走路下山到大马路搭车，总会经过工地，许多正在工作的脸晃入我的眼内，起先，没打算记，晃久了，倒也眼熟。他的脸形方方正正，好像裁刀切出来的，加上比别人黑，又多了一分那岁数的人才有的乐观神采，跟天地万物、鸟兽虫鱼都能闲话家常的亲切味儿，所以容易记牢。迎面见着了，他总是嘻嘻然抛来一句："要上班了啊！"我不知道他的名字，他一定也不晓得我姓什么，每天一两句招呼，慢慢觉得彼此熟了，可是这种熟，也还是生的。

总有一两年吧，他成为早晨的一个标点符号，没什么意义，但看见他在就让人放心，句子也顺。这是现在才想起来的感觉，当时视为理所当然。小区动工整建像传染病，一栋接一栋，他们的工作也就没完没了，久之，他们跟小区磨出感情了，甚至与某些住户结成了朋友。

连着几趟出国，不知不觉初春变成深秋，新人事取代旧的位置，一些不痛不痒的事物消失了，连自己也没发觉。有一天，坐在邻居的院内剥柚子闲话，忽然觉得拿大石块当庭椅颇具巧思，邻居叹口气：“唉！这是阿喜的遗物呢！”

“阿喜是谁？”我问。

“那个老老的切石工人嘛！”

老工人一堆，我还是没懂。她翻来覆去形容半天，阿喜的影像在她脑海里清清楚楚的，可是说不出他的特点，尤其，找不出阿喜与我之间的特殊联系，以别于其他工人。

“就是那个，每天跟你打招呼的阿喜啊！”

我震惊了，的确好久没见到，怎么会死呢？

她说，都两个多月了。他每天一大早从汐止骑一个半钟头摩托车到这儿上工，做久了，对这小区有感情。那天，骑到半路，摔倒了，心脏病突发结束得很快，皮肉没什么伤。阿喜是个念旧的人，他喜欢我们小区，要不，汐止多的是工作机会。上回做王家的工，剩三个大石块，阿喜给搬了来，说搁在院子里有个坐处，喝茶聊天，顺便赏花。石块很沉，阿喜硬给搬过来。

阿喜没来坐过。

我坐在石块上，想起那张笑嘻嘻的黑脸对我道早安的样子，原来，他叫阿喜。原来，他叫阿喜。

当月光在屋顶上飘雪

写着地址的纸片，快揉糊了。绕了个把钟头，没找着他家门牌，倒看见黄昏撒网。高坡野树下，卧一块大石，干脆歇会儿，看黄昏翻过一页，天就黑。

除了三两行人经过，这树荫石座像一小块被洗净的人间世，连晚蝉之歌也水汪汪的。害怕念旧的感觉，尤其置身山林之夜，独自坐在榕荫苔石之上，恍惚觉得自己是一个被蠹鱼咬了一口的字，原本窝在水墨卷轴的题诗上好几百年，溜到人间喊几声疼，现在想回去了，却不知画轴在谁手上？我已经看穿自己故意找不到他家门牌，磨蹭到晚上得了借口便要回家的诡计。也许老早就是个垂帘子不说话的人，心里漫想，却回避活生生的悲欢离合，总觉得一盘盘新炒的、回锅的人生故事太油腻。

他连打三通电话，搬到近郊山上养一养心情，来品茗赏月说一说浮生吧！我说好，说了三遍。从坐的地方望去，有一扇灯窗是他的吧！他在做什么呢？打电话到我家？那么他会听到答录声音。这样的时刻太诡异了，他听到我的录音，我的人正坐在离他不远的树荫下，而我的心，前不着村后不着店的。等待一个好几年不见的老朋友的滋味是什么？尤其这人身上背负某段回忆。这些年彼此像各自挂绳仰颈的人，吊在自己的树枝上晃生晃死，绳子的挂法不同，晃法也相异。这时候再说话吐露旧事，嫌画蛇添足了。

忽然黑暗中闪出一条人影，站在路边望一会儿又消失。他没发现我就坐在后方不远，我也不想喊他。如果一个流浪的字喊不回它所隶属的画轴，也别惊动别的画上那个剪手仰望月夜、待故友来访的人吧！

我走的时候，月光在他的屋顶上飘雪。

临时决定

他徘徊在饰品专柜好一会儿，五分头，斜背一只塑料布旅行背包，双手插口袋，中等身材结结实实的，很年轻，像一支刚撕开纸袋抽出的西米露棒冰，冒着丝丝冷烟。

我只是逛，从旋转陈列架上取下耳环，欣赏款式又放回去。玻璃柜上一面椭圆形镶花立镜，照出百货公司的奢华灯光，几条掠过的人影，倒像抹镜子的。离电影开演尚有十分钟，还在犹豫要不要进场，票当然买了，而且是部大烂片，我知道。有些事情不太适合用理智评估，譬如很清醒地放纵自己掉入一团混沌：打算拜访朋友却临时决定排队买电影票，进了场后说不定喝咖啡去。谁晓得下一刻在哪里？夜间适合跳跃、无秩序、不断抛弃以及夹着自己的影子混。

他的身影留在镶花圆镜内，很专注地观看陈列架上的耳环。

我开始漫无边际揣想耳环对女人的意义。如果项链用来象征女人与父亲的“血缘连接”关系，戒指又已被定义为女人与丈夫的婚姻关系，我想就让耳环担任女人与情人的混沌关系吧！管它用夹的还是穿耳洞，取戴一向方便。

选耳环的男人引起我的兴趣，绕到他旁边假装选购。女店员似乎不耐，柜上放了几对，珍珠的、K 金的，款式有的保守，有的过于放浪。他喃喃自语拿不定主意，像在参加高普考，一看就知道对女人的耳朵没研究。这怪不得他，谁会从耳朵开始谈恋爱呢！“你女朋友有没有穿耳洞？脸形、发式、脖子？个性怎样？”我像裁判官考问，他很合作。“来，我戴给你看，我猜她喜欢珍珠坠的。”他以同意伪饰对女友耳朵的疏忽，让我替他选。店员准备包装，他忽然又选了一款式样夸张的一起结账。“一次送两对啊？”我问。

“送给另一个啦！”他说，临时决定。

不公开的投影

据说饲养宠物具有心理疗效，在不为人知的孤单时刻，尽情地对他的宠物倾诉，或臭骂那些惹毛他的坏坯，或嘀咕久久不来信的恋人，或只是泻了肚子，虽然服过保济丸，还是得跟狗狗说一声比较保险。曾经看过一个小孩，搂着小哈巴狗说："我今天自然考一百分，你高不高兴呀？"

据我很正式的观察，热爱宠物的人，大多是成长过程较孤单的。他们或是家中的独子，或是姊妹中唯一的男孩；有的父母长年不在身边，有的少年离乡背井，又不小心超龄未嫁娶的；也有婚姻不快乐的，当然，孤零零养老的人，晨起遛狗的场面到处可见。

诡异的是，宠物与饲主的脸形、神情、个性总有几分酷似，使你不得不相信日久生情、因情塑形的铭印效果；甚至更浪漫地联想前世今生轮回之说，揣测他们必曾互许诺言，成就亲密关系。

撇开牟利分子或受了流行风潮饲养红龙鱼的不谈，这些热情拥抱爱鱼、爱龟、爱猫、爱鼠、爱犬、爱猴、爱兔、爱鸟……者，相当程度发现在自己生命的古堡内有一处寂寥的小转角，非喧哗的人语及富裕的物质能够填补，更不用说使它发出美丽光芒了。每个人都有孤单的小隅，填补的法子不同而已。豢养一条小狗与一盆常春藤，意义是一样的。在报纸广告或电线杆上看到重金悬赏走失的爱犬，附全身照片并详述行为特征、病历号码及遗失时地，末尾写着“主人泣谢”。其实丢掉的不是一条狗，而是他的爱侣、兄弟、孩子，甚至是以狗的形体存在的自己。这跟常春藤枯死时，一个小女生的深深自责与哀伤有同等重量。虽然，了不起两百块，花市多的是。

如果从价位角度评判，我们永远无法理解主人与宠物之间非常秘密的联系，也体会不出他们生命小转角的美丽投影。对于人的内心世界，我们愈往前走一步，愈感到那一股无法言喻的庄严。不禁感到懊悔，多年前一位眼皮发肿的女友向我索求佛经，以殉葬她的爱猫时，我当下有一丝不以为然的念头。我现在应该为这丝不干净的念头悔悟，因为她不仅比我更早发现生命古堡内有一处小转角，也毫无保留地把她对生命的敬重投影进去了。

不过，我也弥补了这件小过。有人送我一对爱情鸟，无处饲养，只好拦在办公室的后阳台，当然跟我一样，三餐做一顿吃。换水、找墨鱼骨头补充钙质、新鲜蔬菜当零嘴等琐事，一概无暇兼顾。可怜的爱情鸟，主人情窦未开，也顾不得它们发不发情的事儿了。忽然，发现有人买小米喂食它们，连鸟屎都清了。有一天，那个隐藏的爱慕者出现了，他结结巴巴，有点紧张说："我……我喂过它们了……"没多久，他又说，"台风快到了，它们挺可怜的，我可不可以带回家，暂时养一阵……"眼前这位百八十厘米高、会议桌上雄辩滔滔的大男人，腼腆如一名小童。"送你！"我说。他迸笑三声，表情如一口湖泊被纷纷跃水的孩童弄活了。爱情鸟找到真正的主人，可以稳稳当当产几粒小蛋儿，孵几只小爱情，直到生命告终。我若有所失，在爱情鸟走后，可又不明白，原先不爱的东西走了，有什么理由引发闷闷不乐呢？

或许，那是第一次，误打误撞因不爱的鸟儿发现自己的小转角，可又不知道爱的是什么，遂使它继续在灰尘中沉寂。有一日，我忽发奇想，找了小笔记本记录百来盆植物的来源、名字、习性、繁衍情况，如何为它们装饰、用蛋清洗叶片、换盆的小节浮现眼前，如何在按捺不住的冲动下，爬过铁栅栏去挽救一株九重葛的行为也得到解释了。

我发现了自己生命古堡内的转角！那一日非常光亮，看到自己马拉巴栗式的手影正在舞动，虽然转角非常拥挤。

出租车包厢

之一　“运匠”

出入大多搭出租车，平均一年坐过五百辆，若以五年来算，大约破两千五百辆了。

虽然朋友劝我，一个单身弱女子还是小心为要，这年头好人、坏人没刻在额头上。一来，我自有一套辨认出租车的技术，决不轻易招车；二来，累积的经验让我相信，对这群辛勤的服务者而言，被一竿子打翻一船并不公平。害群者固然应该受到谴责，但沉默的大多数“好人”更应该接受鼓励与感念。

不管往哪里，短程或长程，我总是先站在路边“选车”，凡是行进速度平稳、车辆干净或隶属于特定团体的，比较容易获得我的好感。这些表示他对自己的工作有一份基础责任，虽然以貌取人不见得恰当，但用在选择出租车上却是很好的评断方式，一个不尊重自己工作的人，是不会天天把车子弄干净的。招手后，我并不直接上车，先问他某某地方去不去。一则，在台北的交通黑暗期，我愿意体谅对方的意愿，如果他说可以，表示心甘情愿跑这趟车，主客愉快；二来，当他在思考愿不愿意去的三四秒中，也正是我观察车内陈设与司机本人的时候，虽是凭直觉，但绝对是理性的。凡是车号、登记证标示清楚，衣着整齐，车内悬挂佛珠、护身符，驾驶台上摆全家福照片的……毫无疑问，是个“稳定性”较高的人。对开车这种长时间坐着、工作环境差、随时必须保持警觉的特殊行业，稳定性非常重要。而有宗教信仰或系念家庭的人，表示他注重工作中的“安全”。事实上，对他而言，所信仰的上帝、观世音菩萨或挚爱的妻子、儿女正陪伴他一起工作，他的心已经靠岸，自然不会临时起意劫财劫色去毁掉已有的幸福。当然，那些把零钱分十元、五元、一元整齐归类，椅背放报纸、杂志或张贴兼售羊脂香皂的，表示他很有规律地在经营自己的生意，也值得信任。这些车都有共同特色，内部整齐、干净。

除了一位言语轻佻，我半路下车；一位血气方刚，故意撞别人车尾；一位在大风雨半路把我赶下来之外，其他两千四百九十七位“运匠”，不仅安全地将我送到目的地，甚至在车程中，与我分享他们的人生故事、家庭生活及处世之道。我是一个很好的聆听者（可能长得像一支麦克风，使他们不知不觉会主动聊起天了），抱持同样在都市里讨生活的小市民感情，我对他们有一分基础尊重。他们说，很多乘客颐指气使，以为付车钱就是大老板，可以苛刻讲话，令人“不爽”！少了一分体谅，自然多一分争吵，吃亏的是双方。我从不坚持路线、走法，如果对方询问我可否去加油、等他两分钟给孩子送便当马上出来、很抱歉可否去买个面包中午还没吃、接太太下班待会儿车钱少算一点啦……我都非常客气地答应。这就是活生生的人世，有什么不能够答应的呢？如果我满脸怨气，摆副架子丢钱下车，他心里一定很难过，觉得受到委屈，对工作也就充满挫折感，心情影响往后的服务质量，而我不仅伤了他的心，也同样对下一位乘客不公平了。有时，我会主动赞美他的车舒适，开车技术平稳，或感谢他愿意载我，提供良好服务。我不是主人，他才是主人，我希望让他知道，在百千万个乘客中至少有一位陌生小姐对他表达尊敬与谢意，肯定他对社会所做的贡献。

一位老荣民教我如何辨识安全的车，苦口婆心像个老爸爸。有一位教我如何养狗，描述他的狗闹脾气，生动得像一个小说家。一位拟办杂志，由于双方聊得有点相逢恨晚，遂留下地址，果然后来收到他自资、自写、自编、自卖的脱口秀型杂志。一位送我十八本寺庙善书，像个传播福音的布道大士。一位年轻小伙子刚参加完歌唱选拔，正在懊恼表现失常，要我公正客观地评判，他高声忘情地把江蕙的歌唱得肝肠寸断。由于我说：真金不怕火炼，将来总会出头的，他慷慨地送我一张海报，回馈知音。有一位本省阿伯，聊日据时代大稻埕奇闻，一等的说故事高手。另一位，元旦凌晨搭他的车，下车时送我一张贺年卡说：“新年快乐，大家快乐哦！”其中有两位，坚持不收钱，一是谈宗教，一是宜兰乡亲，推辞好久，只收半价。另一位知道我是中文系出身的，一路上与我诗词唱和，那真是美妙经验，在大塞车的和平东路、基隆路段，一个说“黄河之水天上来”，一个对“奔流到海不复还”，从李白、陶渊明、苏东坡，一路背诵，他还不停地拍方向盘打拍子呢！

有一位令我非常感动，我们聊起处世之道，他说开车最要紧的修养是“无争”，做一行要像一行。人生也不过几十年，能帮助别人做点善事应该立刻去做。他说，马路上常看到因车祸受伤的人，他绝不会置之不顾，四五次了，看到有人躺在那儿，自动送去医院，这种事不仅拿不到钱，还搞得车座血迹斑斑。他的太太刚开始很不谅解，洗血迹椅套当然有点触霉头。后来，再也不说话了，那件事证明好人有好报：有一回，他在木栅路看到一位骑机车的躺在路上，颇严重的样子，没人搭理，他停车打算送他到医院，赫然发现躺的是他的小舅子。这件事给他很大的震撼，如果他没有悲悯之心，怎会救到自家人呢？他说：好危险啊！如果当时没停车，事后知道那是小舅子，要是他死了，我的良心一辈子不安！

这默默无闻的一群，也许跟他们每个人的交集，一辈子仅有一回，可是我知道他们认认真真地活着，尊重自己的工作，还慷慨地与陌生乘客分享纯朴的人情。

之二　她的方向盘

遇到她那天早上，我竟有一些感动。

因为搭错车，不得不招出租车，报了地点，我埋头翻阅当天要处理的数据，行经松山圆环，司机忽然说：“嘿！市场快盖好了！”才惊觉是个女司机，她的语调愉快，好像市场是比世贸大楼更重要的建筑物。像我这种吃菜不知菜价的人，很难对市场付出关心，也由此猜想她是个长年与市场打交道的家庭主妇。

的确，她已不再年轻，微微发福的体态显然不止生过一个小孩，她套着乡下农妇干活用的连臂手套，为了怕滑落，还用一条松紧带连接两臂。手套破旧，大概开车也多年了。她脂粉未施，一头烫疲的卷发被灌进来的风翻成大波浪。从她开车的韵律（转弯、超车、加速、刹车……），觉得她的个性具有强悍的一面，大约是那种遇到马路摩擦，下车来嚷得过人家，真要动手，也能踹两脚的悍女人。

“你跟我的一位大婶很像，手脚快！”我无意间这么说，毫无聊天的念头，毕竟只是一段司机与乘客的关系。

“还是不要学开车较好！”她忽然说话，没头没尾，我摸不出这句话的底细，漫应着：“是啊，台北的交通太乱了！”又回神想自己的心事。

她嗯哼几声，又重复前面的话，有些喟叹的语意夹在洪亮的音调里，这引发我对她的好奇，顿时觉得她并非规劝我不要学开车，而是对她的生活作一次省思之后的结论。

“你跟你先生轮流开车吗？”我只想引出她的先生。也许是女人的直觉，结婚之后，一个散发幸福容光的女人与折磨中的女人，她们的背后都可以揪出一个决定性的男人。

“他以前对我好好！”她一面打方向盘一面说，那一定是段甜美的生活，“他不要我出来做事！”然后是丈夫生病，她学会开车，丈夫在家疗养，她开着他的出租车出门了。然后开始见不到他的人，也许在赌场，也许在某处寻欢的场所，结论是，“既然你会赚钱了”，每个月的生活费逐渐减半，终于不给了。

“所以，还是不要学开车！”她经历这么多年，似乎把所有问题的症结归之于学会开车，言下之意是自作自受的。我有些愤怒，对她说：

“你应该这样想，还好你学会开车了，要不然你要靠谁啊？”

“对啦，对啦，还好有‘一技之长’！”

她说“一技之长”时，那语气是无奈中带着侥幸的。

“你们还住在一起吗？”我已经显得没有耐性，恨不得替她把这种人踢得远远的。

“还住在一起啊！不过，他总有一天会跟比我年轻漂亮的小姐在一起，我要想远一点，现在要存点钱！”她说小孩快毕业了，可以找工作，流露出做母亲的得意之情。

下车时，也没交换姓名，只知道她会继续奔波于不同的街口，客人要往哪里，就往哪里打方向盘。她似乎已接受现实里的种种难题，不知道她会不会哭，但我猜她在擦眼泪甩鼻涕之后，会用那句简单的话安慰自己：

“还好我有一技之长！”

之三　掉东西

“今天凌晨，李先生从永和搭黄色出租车到吴兴街，把一个黑色皮包给忘了，里头有现金五千块、提款卡、身份证和一串钥匙；早上，陈太太从新店搭车到仁爱路，把伞跟……跟假牙给掉了，以上失物请捡到的朋友送到电台来……”

假牙！我与“运匠”不约而同大笑，原本沉默的车程忽然轻松起来，他甚至笑到咳嗽。

如果列举十大最容易忘掉或不小心遗失的东西会是什么？伞、证件、皮夹、眼镜、药包、情人的眼泪、自己的身世、债务……我乱想着。突然发现自己是个不会忘记随身携带之物的人，有点无趣，显然警觉性太高了，接近可悲。我问司机最常在车内捡到什么？有没有捡到非常特别的东西？

“我没有偏财运的啦，了不起捡到一块钱十块钱、破伞啦有的没的，不过有一次一对夫妻大包小包要到火车站，他们下车后我就往前开啦，噫，怎么听到婴儿哭？一看后座，说哪有这种父母啦，连自己的孩子都忘了抱！”

“会不会故意遗弃啊！”我问。

“什么！我只好回到火车站，他们两个正在排队买票，看到我抱小孩来就互相骂啦，太太以为先生抱了，先生以为太太抱了，唉，糊里糊涂嘛！”他说。

我相信这回事。很多年前，在台北火车站的失物招领布告栏上，原本抱着打发候车时间的无聊心情详细阅读失物内容，身份证、行李……都能理解，忽然看到一项不可思议的失物：骨灰坛。我一直思考不出遗失的理由。

现在我懂了，可悯的死者一定子女众多。

第二章 在追寻途中

性情中人

那是一件多可怕的事，如果一大早出门，发现每个人的表情都一样，谈话内容、声调、姿态如出一辙，大家都是模子印出来的人，那活着还有什么趣味?

我想，人生这座舞台还值得观摩，有一部分吸引力来自人的演出。每个人都有一本唱词，时而悲调，时而乐歌。有人在角落饮泣，同时有人在另一隅欢唱；世界不会同时喧腾，也不会同时绝望。忧伤的人虽然悲凄难忍，但闷头一想，还好只有我在哭，别人尽情吟诵他们的喜，我尽力演出我的悲，风雨与晴朗同台。也许，每个人手中的唱本都大同小异，可是时空不同、性情迥异，我的低调在别人口中变成悠扬，也是可以理解的了。

先天遗传与后天环境的确初步决定了一个人的人格与性情走向，然而，同等成长环境的孪生兄弟有时也出现南辕北辙的发展，这又牵涉到教育与经历不断累积而进行融合的变化过程，血缘的决定因素渐渐淡化。

因此，当我们指称某人是性情中人时，必定包括了对他人格风范、性情基调以及生命态度的赞美。他善于编理通过他身上的每一次变动，提炼加之于他的每一次考验，逐渐建立自己的人生哲学，在日趋僵化的都会面目中，释放独特的悲情与欢愉。

这种人有一共同特色，就是任真而不任性，真率而非轻率。他既能尊重群体组织，又能适切地散发个人情调；与其说他情感丰富，不如说以理智渠道放纵情感波涛。

当然，跟这种人做朋友，有时也挺麻烦的。他送给你的生日礼物标价高得令人咋舌，害你感动得快哭出来了，赶快回请他吃大餐，他剔着牙慢悠悠地说：“其实两百元的礼物不值得你这么破费！”

“啊！不是两千元吗？”

“不！我嫌它便宜自个儿添了个零。”

一生无事小神仙

当朋友们以不耐烦口吻批评过年愈来愈无趣，并且纷纷安排出团避年时，我时常不知如何表明心迹；其实，我很喜欢过年，像中蛊一样。而且——如果允许多说一点的话，那是我至今还保留的几项童年遗迹之一。

所以，我也不必再忸怩了。每年自元旦过后，说真的，心里就开始甜蜜起来，这种甘蜜般的心情是跟厨房稳洁、碧丽珠、玻璃稳洁、洁厕剂、庄臣爱地洁及碧莲万用去渍霸混合在一起的，我酷爱它们，也爱配合它们的各式长短圆扁刷子。如果是个礼拜天又逢冬阳普照，我的快乐会从早上七点钟延续到三更半夜，因为劳动一整天后，我的家简直像新装潢一样散发诱人光芒（只有打扫的人，才能窥见一栋屋子活起来的过程）。有句广告词叫：“今年的污垢今年清。”我想，如果没接受教育，在职业介绍所的志愿表上，我会把“清洁工”列为第一志愿。

然后，一定得排除万难去一趟花市，水仙、仙客来、郁金香、兰花……这些花卉足以让春节充满魅力。除夕前再添几把银柳或杏花，仿佛迎进了喜气与四季平安。

实不相瞒，我喜欢背一只大袋到南门市场及太平洋崇光百货办年货，挤在一群叽叽喳喳四川腔、湖南腔、客家腔、闽南语腔的老阿婆、欧巴桑、资深家庭主妇之间，让我很兴奋。我崇拜腊肉、火腿、笋丝干、芥菜、白萝卜、甜糕、咸糕、发糕、宁波年糕、松糕、八宝饭。过年，就是要把冰箱塞得满满的，满到够养一个兵营。

春联与红包袋也得慎重选择。有一年买到一副联，下联是“一生无事小神仙”，那年果然凡事喜畅。我喜欢发红包，像老师喜欢发考卷一样，所以，换千元、五百元、百元新钞是绝对不会忽略的大事。我的红包对象不敢说遍及六道，但至少包含畜生道，隔壁家的狗也得了个小红包，用红绳挂脖子。至于尚在肚子里的宝宝也有一份，虽未出生，也是个人。

除夕那日，剪红纸条圈住水仙花茎及椪柑，好像圈住好山好水与幸福家园，有一分喜悦。然后祭祀，感谢守护神一年来的庇佑，同时祈求一个平安愿，给岛上的人。

曾祖母教祖母这么过年，祖母教妈妈，妈妈教我。我承认自己喜欢用最传统的方式迎接春节，我当它是个溯游之旅，在鞭炮与锣鼓声中，像孩子一样回到诞生之地。

情绪来了

跟妹妹共居一室的那段时间，最深刻的体会是，情绪乃人际间的无形杀手，足以让亲昵关系瞬间云消雾散。

通常都是我在作怪，闹情绪的人大多不会承认自己无理，这跟酒醉的道理一样。所以，她默默地忍受了多少情绪垃圾，我无从计算。直到有一天，她不知从哪里找来一张心形卡片，夹在梳妆台上，我猜她是忍无可忍了。

那张卡片虽是大红心形，但还挺有学问的，正放是夫妻两个和颜悦色的微笑表情，倒放则变成怒目相视、唇齿相讥的争吵状。我问她这是啥意思，她说，这是咱们的温度计，谁认为彼此感情很好，就正放；谁觉得不顺心，就倒放。彼此有个警惕，免得白白当了受气包。

这法子不坏。由于每天都会对镜梳妆，第一件事就是看看卡片是正是反。我发觉她的脾气很稳定，倒是我，常常把卡片给反过来。她瞧见了，顶多风凉一下："今天又吃了鞭炮籽啦！"意思是肝火特旺，讲话会发冲，她很知趣地到别处溜达，免得挨炸。

自己看到卡片老是摆着怒脸，怪不好受的，又将它正过来，脾气消了大半，谄媚兮兮地跑去跟她报告："不知道谁把卡片正过来了吔！"

人是情感动物，每当情感无法顺畅通行陷入泥沼时，难免闹起情绪，这是人在寻求解决之法过程中的小规模地震，发泄情绪要比压抑情绪健康多了。

问题在于如何发泄以及如何避免波及善良无辜的老百姓（通常是最亲近的家人）。文场的发泄方式不外乎散步、喝酒、逛街把身上所有的钱花完、回家吃光冰箱里的食物，再闷头大哭大睡；武场的，捶桌摔椅、吵嘴殴架、回家打碎所有的碗盘杯瓶，上自高堂下自小儿皆遭痛骂。会打算盘的知道，武场最笨，隔天还得买副新碗盘，当然啦，有经验的人都晓得，买塑胶的。

最好学会控制情绪，如果不会，先买张卡片也是个法子。

要走的时候

我开始想象在他生命终了前一日，慢慢抬起头，意识清楚地对来探望的好友说“你来了，啊，我的眼睛睁不开……”的心情。

我试着体会他独自面对死亡时，回忆自己短暂的一生与眷恋的人事，说不定像关在小黑房间观赏一部纪录片，看着看着，觉得那是别人的故事跟自己无关，看完了，把片匣还回去，还的时间就是死亡时刻吧！

说不定在读秒过程，他连给自己一个结论的念头都没有，一切都在放散状态，母亲的声音、妻子的脸、儿女调皮的样子，这些熟悉得深入肌理的人事，也逐一模糊、消散。他只觉得很累很累，渴望沉沉睡去而已。如果能够这样，也算走得很轻盈了。好走，是一个人最后的尊严与幸福。

像他那样，始终在人生路途凭着两肩义气独力挑担，不愿带给家人朋友太多麻烦的人，其实生前即已决定面对死亡时的明快作风。他早就心里有数，癌症末期等于是冥府下了战帖，但他却对大部分朋友隐瞒实情。只有少数人能够超越人的普遍懦弱去跟死神单挑，他擅长快刀斩乱麻，该决斗就决斗，该走就走，不必啰唆。这种人无法忍受在生命终段拖泥带水、哭哭啼啼的样子吧！

所以选择海葬也是必然，如果要消泯证物，先交给火，再交给海，便不留痕迹了。一碑一墓，太像苦口婆心留下证物，对陌生路人证明曾经存在；他彻彻底底消灭自己，生命乃一段战斗故事，从大化来，回大化去。

思念是生者的事，愿意记得的，会在红尘的某个角落回忆属于他们的甜美时光，在心里清出一个空位静静与他对话。不愿记得的，选择遗忘。

如我们所知，记忆他的人，最后也会被其他人遗忘。

在追寻途中

年轻时，当我还在背书包的年纪，偶然间听到一首英文歌，忘了歌者是谁，不知歌名，甚至也不记得整首歌在讲什么，却记住其中几句歌词，在歌者旷放的声音中回转："只是另一列火车，另一座城镇，没有失去什么，也一无所得。"

多年来，偶尔会想起这几句歌词，心中浮起一幅追寻的景象：在黄昏的尘烟中，一列火车即将开出，最后的笛声提醒旅客前面是未知的旅程，要去的地方可能是繁花茂树的净土，空气中有馨花的香味；也可能是荒烟蔓草，焚烧的屋宇乃唯一地标。坐在车内的旅人看着倒退的风景，回想过去搭坐无数列车，探访无数城镇，仍是无失无得，因为还没有找到一块土地让他把心扎下来。他继续跳上另一列火车，期待在另一座城市，他终于可以告诉自己：就是这里！就是这里。然而，他不免凝视苍茫的暮色，在心里疑问：会不会这只是另一列火车，另一座城镇而已？

从贫困拮据的出身蜕变而出，我们的岛开出自己的花，结着自己的果实。在漫长的历史上，以如此狭小的土地能在短时间内开发出琉璃净土潜能的，恐怕屈指可数。然而，繁荣的背后，我们是不是渐渐失去了什么？流失一种涵藏山河的大胸襟，既能鼓舞同道亦尊重异议的；流失一种捍卫真理与道义的节操，不纵容徇私、图谋己利的；流失一种顾全大我的责任，永远把全体福益放在心坎内的；是不是也流失了泱泱君子风度，忘记高风亮节原是人世间最美的风景。

如果，一个社会的富裕只不过是满地杯盘狼藉，一个个不义狂徒轻易以金钱收买灵魂而取得权柄、美名，那么这样的富裕岂不是一把镀金的锄头，用来挖掘永劫不复的坟谷？

一百年后，历史学家会怎么看这座岛？会说历史上从来没出现过这么庄严的琉璃净土，还是陷在庞杂史料中忍不住掩面痛哭，质问所有已躺入地下的两千三百万人，为什么努力了那么久，却在最后白白糟蹋自己？

我当然看不到一百年后的台湾，但我期望浮现在想象里的是气象恢宏的景致；我不愿意再想象一个旅人，忧伤地凝睇窗外飞驰的风景，在心底自语：只是另一列火车，另一座城镇，只是没有终点的追寻。

标准答案

很久很久以前，在乡间小学的教室里，栀子花香自窗口溢进来，小粉蝶在草坪上漫飞，扎辫子、理三分头的小女生、小男生却乖乖地面对考试卷埋首作答。老师说："各位小朋友，要诚实回答，不要偷看别人，题目要看清楚哦！"

我睁大眼睛把每个字都看清楚了，小心翼翼地写下答案：

1. 台风成因是：①气流变化引起的；②海龙王作怪。……（②）

2. 如果你在路上捡到金钱：①交给校长；②交给警察；③自己花掉；④不要捡。……（④）

3. 世界上最强盛的国家是：①中国；②美国；③马来西亚。……（②）

我非常得意，每一题都会做。村里父老常说地震是土牛翻身、打雷是雷公雷母吵架，那么台风当然是海龙王作怪嘛。路上的钱最好不要捡，譬如我在河里摸蚬摸到一枚两毛钱，就丢回河里，那是孤魂野鬼的饵，要找替死鬼的。至于最强盛的国家，当然是美国嘛，大家一提到美国就啧啧称好，我也很想去美国远足，我猜美国的牛一定是拉金块的，不像村子里，到处牛粪。标准答案公布了，全错。

这对我小小的心灵打击很大，没有人能说出为什么。不过，我终于学会什么是“标准答案”，考试成绩愈来愈好。我会选择“跟同学要和睦相处”的标准答案，可是暗暗发誓永远不要跟邻座女生讲话，因为她比我漂亮。

过早发现每一成长阶段皆需服膺一套标准答案以求立足之地，的确有助于成功地扮演社会化角色，却也使人与群体的矛盾日益加深。因为，每一特定团体所公布的标准答案只是一种解释，而非真理。尤其，现代人大多活在数个团体所交集的范围内，如何从众多利益冲突的标准答案中选择较合标准的，实在是门大学问。

最有名的例子是，一个父亲带着小孩，牵着一匹马，应该怎么做？①父亲骑马，儿子走路；②儿子骑马，父亲走路；③两人一起骑马；④两人走路，马也走路。

选择①，别人会批评爸爸不够慈爱；选②，他人会说儿子不孝；

选③，虐待动物；选④，旁人说：两个傻瓜，有马竟然走路。这四个答案，都对也都错。依我的办法是，全部扬弃，我会先把多管闲事的人大骂一顿，再把马儿卖掉，得了银子，搭计程车。

0℃的春天

整个天空交织着繁鸟飞翔的景象，冬季末春天还未破茧的某个黄昏，我在靛蓝、釉绿两群色族争夺地盘的空中小心行走，以免洁净的脸庞被鬃上颜色。冷漠的夕阳端坐于西天红光炯炯，众鸟因唯一的红灯故障待修无法指挥通行秩序而演变成群鸟运动，各自伸展羽翼作为团体旗帜开始激烈地辩论，并积极吸收组员。我在繁茂的色彩骚动之中进退维谷，忽然，乌鸦前来邀请，因为我穿着黑色大衣，但黄莺立即指责我背叛原始肤色乃不义之徒，我因情绪激动大声尖叫并发表一场充满理想色彩的演说，众鸟沉默，鹦鹉飞过来停在我的肩头对我耳语，称赞我发音正确是它们的后裔无疑。

梦，醒来，床头的电话滚沸着。我的老板非常礼貌地因打扰我清晨最珍贵的美梦而致歉，我甫惊醒竟错觉他的措辞与鹦鹉的耳语无异，立刻告诉他那是个不足为外人道的噩梦不用再提。他又非常诚恳地赞美我在他所雇用的知识分子中最具工作实力又能兼备生活情趣。我揉清惺忪睡眼也非常诚恳地表示此乃公司贯彻人性经营与福利管理之所赐。他接着以非常激昂的语气认为所有知识分子皆应向我看齐，不该再缠绵梦榻且那条覆盖多年的理想色彩的棉被应该送到洗衣店好好地、彻底地清洗！我嗅着自己那条从来不洗的棉被，的确有点不合时宜，遂非常温婉地请教他哪一家洗衣店足以洗去梦想的痕迹。他非常亲切地指点忠孝东路某一家自动洗衣连锁店采用强力去污清洁剂、进口高温杀菌烘干机，有助于恢复每一条棉絮的热情及活力。他又非常轻描淡写地希望我趁着出门洗棉被之便，顺道为他进行街头调查，以作为明年营运方向之重要参考，并悄悄地透露他已在一张支票上写着我的名字，待接到调查报告之后，再行填写相对数字，以免使我委屈，他将良心不安终生抱憾。我非常好奇地询问他需要哪一种调查，我将全力以赴在所不惜。他说：春天的，气温。

几个小时后，我已坐在洗衣店里办妥送洗手续并享用一杯免费热咖啡，我充满希望地走出洗衣店开始进行调查，翻开去年生日老板送我的那本烫金笔记本写下：“二十四小时不打烊自动洗衣店，全台联合服务网，迅速、干净、信实、价钱公道。店内员工一片和谐，工作情绪高昂，员工对春天的期望值高达——”有个莽撞的陌生人撞到我，他显然非常愤怒，指着洗衣店大声斥责，又回头叫我评评理，他的宝贵大衣竟被洗成这副德行，而洗衣店居然指称质料劣等恕不负责。我觉得此时插手私人恩怨有违我的职业道德，遂继续写下：“四十摄氏度。”

红砖道上槭树依旧容光焕发，绿色叶片在寒流中兴奋地抽芽，我打了个哆嗦当然马上恢复信心写下：“花草树木对春天的讯息接收是最可靠的消息来源，根据百分之九十九点九的槭树发芽情况，我们可以换算出即将来临的春天绝对不低于……”就在我忍不住张开我的肺进行骄傲式深呼吸时，突然有一阵腐臭味刺激我的鼻毛使我打了喷嚏，原来是行道树旁有一只被撞死、弃尸的流浪狗之故。然我深思熟虑之后决定不予记载以免破坏笔记本里文字的视觉美观。我继续用老板送我的名笔写下：“绝对不低于四十一摄氏度。”

年关日近，当我进入百货公司时已感到逐渐升高的温度使我必须脱掉大衣，这个动作激发我非常兴奋的想象，我决定要用感性的笔调记下：“一个最怕冷的人在‘统领’百货公司脱掉她的大衣了！我以我的人格向亲爱的老板您保证，这里的气温比任何一个角落都高，我甚至错觉春天已经跟踪我了。我现在处在一种激动的情感之中，无法一一描述我的眼睛所看到的人潮与繁荣！我拙劣的笔也无法记载每个人脸上所绽放的欢乐笑容，像一朵朵自由自在开放、非常喜气的兰花（啊！我坚持要亲自向您报告兰花的形状及其永不枯萎的鲜艳色泽）。这里正在进行一项义卖，为低收入贫户（注：很抱歉，我找不到别的字眼可以代替）筹募春节（注：希望这两个字能平衡您高贵的阅读品位）基金，把温暖、热情、关怀、幸福、快乐大大地、大大地散播到全台每一个角落。我当机立断在捐献簿上签下您的大名，替您捐出四百块给没钱吃饭的人，并为您精心挑选一个纯手工制造、写着‘招财进宝’四个篆（音同赚）字的大红包袋，我多么希望能把此刻我丰沛的感情塞入袋内作为赠送给您的新年礼物——不过，您得在拆封之前先把冷气机打开，它高达四十二摄氏度呢！”

当我挤出人潮重回街上，发现整条人行道已严重堵塞举步维艰，我决定先到汉堡店喝杯热饮燃烧几根烟稍事休息，在烟雾之中我的神经居然释放疲倦信号打了个呵欠差点昏昏入睡，我积极抵抗，翻开笔记本脑中竟一片空白。玻璃窗外灰暗的天空显示即将有一场寒流夹带冬雨来袭，我想到自己没带伞且罹患感冒不是好玩儿的事，遂点了“吉事满意汉堡”安慰我的胃并灵机一动在笔记本上根据三分揣测七分想象振笔疾书，写下“顶好”“崇光”“永吉”“旧情绵绵”“龙门”“百胜客”“顺成”“福星”“巨匠”“龙普”“明曜”等商店之气温指数并详尽地分析这些名称背后所隐含的欣欣向荣、普天同庆之社会景象。随后招车直趋公司，我极具信心地敲开老板办公室，并决定以鹦鹉一般的高八度声音先来一次热烈的拥抱！我的老板笑容可掬地伸出右手首先慰劳我的辛苦，左手接过厚重的烫金笔记本，戴上老花眼镜仔细研读每个字及其隐藏的身价，并拿起“招财进宝”大红包袋幽默地做出拆封、把内容物放入保险柜的动作！我哈哈大笑随即发现他的案头已摆着一盆非常艳丽名贵的兰花！我还来不及表示疑问，他已打开抽屉拿出支票簿快速书写、撕开，并用那只大红包袋装妥，当然公开授受是件不礼貌的行为且会刺伤我的自尊，他接着拿起电话吩咐秘书立刻通知他的投资顾问群前来召开紧急临时会议以决定明年的投资策略。他向我走来，左手拍拍我的肩膀，右手将红包塞入我的大衣口袋，以非常亲切的仁慈的语气表示他对我的报告非常之满意，因为这份报告与另一位同事的调查不谋而合。我非常镇定地表示在行进过程中并未碰到这位素来视我为头号敌人的可敬同事，我的老板解释依据数学上的线段原理 A 点到 B 点与 B 点到 A 点其实一样长，除了方向不同，并指了指那盆兰花，我立刻恍然大悟。我礼貌地表示我十分乐意与这位同事更深入地讨论彼此的独到见解以便同中求异，但老板畅然大笑认为我对工作念念不忘的性格很令他替我的健康担忧，况且在交达报告之后，那位同事已接受他的建议至洗衣店送洗棉被了，“你瞧！我今天替洗衣店拉了两桩生意哩！”老板幽默地说，一面看了看表提示我也应该去洗衣店拿回干净的棉被，并祝福我每晚都有愉快的美梦。我礼貌地向他告别轻轻地把门关上，一面与行色匆促表情挤成＄形的顾问们错身而过，一面盘算该到哪家百货公司舶来专柜选购新型的、轻软的、温柔乡一般的蚕丝被。

虽然，价格昂贵，不过，绝对值得。因为事实证明，在0℃的春天夜晚，我的蚕丝被的每一丝一缕纤维都紧紧地拥抱我。从此，我睡得非常之好，并且，不再被梦想纠缠。

荒野之鹰

——与高中生共勉

“宁愿是荒野上饥饿的鹰，也不愿做肥硕的井蛙！”职是之故，我学会捆绑行李。

总是独自走上生命的每个阶段，从全然陌生的环境开始安顿自己。小学毕业，明明附近有所中学，我却跑到离家四十分钟车程的中学就读。好不容易与他们熟了，成为一分子；明明附近有几所高中可供选择，却大胆地跟导师讲：“我要去台北考高中！”第一次，我知道北一女、中山、景美等学校，我问老师志愿顺序，他不大确定，但终后帮我排妥。他没问万一考上了怎么安顿。我没提，那是我自己的事。拿到准考证，回家才跟家里提，家人一向不管我功课。

那时父亲刚逝两年，母亲出外工作兼了父职，阿嬷管田地、家园，我是老大，弟弟、妹妹才上小学。谁管得到我？也无须任何人叮咛，我跟老天爷杠上了，赌一口硬气对自己讲：“你要是没出息，这个家就完了！”

十五岁，捆了今生的第一个行李，连牙刷、毛巾都带走。屋前厝后，巡了一趟，要狠狠记住家的样子，躲在水井边哭一场，仿佛忽然长大了五岁。我不嫉妒别人的十五岁仍然滚入父母怀里，睁着少女的梦幻眼睛，而我却得为自己去征战，带刀带剑地不能懦弱。

所以，孤零零地在台北寄人篱下，每天花三个钟头来回新北投一所高中与复兴南路的亲戚家。台北火车站前，清晨卖饭团的妇人，我拿她当妈妈。坐在淡水线火车上，饭团啃完了啃书本，每本书烂得软趴趴；课堂上，闭眼睛都知道老师说错一个年代。

那时，校内的读书风气不盛，许多人放学后赶约会、跳舞、逛士林夜市；情况好的，赶补习班。我没有玩的权利，也没经费课外补习。还是那副硬脾气，就不相信出考题的能撂倒我，非上好大学不可。

这样逼自己，正常的十七八岁身心也会垮的。平常，没谈得来的朋友。她们追逐影星、交换情书，我没兴致；我想谈点生命的困惑与未来梦想，她们打不起精神。我干脆跟稿纸谈，谈迷了，就写文章、投稿，成天在第二堂下课冲到训导处门口的信箱，看有没有我的信。若是杂志社寄来刊稿消息，我会乐得一看再看，看到眼眶泛红；大报副刊寄回退稿，则撕得碎碎的喂垃圾桶，我想：“总有一天……”为了那一天，吃多少苦都值得。

我做事一向劲道猛，非弄得了若指掌不可。迷上写作，连带搜别人作品看得眼睛出火。他们写得好，我写不好，道理在哪儿得揪出来才能进步。常常捧着两大报副刊上的名家作品，用红笔字字句句地勾，我不背它们，我解剖它们，研究肌理血脉，渐渐悟出各有各的路数，看懂名家也有松垮垮的时候。那时很穷，买不起世界名著，铁了心站在书店速读，霍桑的《红字》、赫塞的《流浪者之歌》、泰戈尔的《泰戈尔全集》、托尔斯泰的《高加索故事》……有些掏钱买了，其余则浏览，希望将来变成大富翁全娶回家，看到眼瞎也甘愿。“世界太大，生命比世界更大，而文学又比生命辽阔！”我决心往文学走，不回头。

缺乏目标的年轻生命好比海上漂舟，我知道自己的一生要往哪里去，考大学只是眼前目标，我知道为什么必须上大学，不是依社会价值观、师长期待或盲目的文凭主义，而是依自己对生命的远大梦想。

高二暑假，我写了一封信回宜兰，告知已从亲戚家搬至大屯山学校附近的别墅，月租三百元，由于没钱上补习班必须靠自己拟订“大学联考作战计划”，因此今年不回家割稻了。“身上尚有稿费及打工赚得的钱九百八十七块，够用两个月了。请家里放心，我会打胜仗的。”

每天，依例凌晨四点起床早读，按照作战策略，这个暑假必须总复习所有科目并预读高三功课（已搜得学姐的旧课本），至少做一遍从各补习班、明星学校搜集的题库、试卷及历年联考试题，并且每隔半月“验收实力”——看自己能考上哪一个“混账学校”。

想睡觉，不行。开始思考打仗应该用智慧，光靠死拼活干岂不是“义和团”？！思考为什么叫人啃一头死牛没人要吃，煎成小牛排就美味得不得了。于是，把“作战计划”改成“大学联考料理亭”，依据自己的兴趣及胃纳，按照清醒到昏沉的时刻表安排筵席。

所以，“历史”变成身穿古装的我恣意穿梭于时空隧道，采访秦始皇谈如何并吞六国、跟汉武帝吃饭谈外患问题、陪成吉思汗遛马的探险志了。还可以指着光绪骂：“你这个懦夫，干吗那么怕慈禧，你不会派刺客把她‘解决’掉吗？”

“地理”也好办，那是我跟心爱的白马王子周游世界的旅行见闻。“数学”，确实有点伤脑筋，三角函数实在不像个故事。“三民主义”，决定留到联考前一个月，再以革命心情奋战，效黄花岗七十二烈士。

某日午睡，梦到自己只考了两百多分。沮丧极了，恐惧这一生就这么成为泡沫。夜晚，虫声四起，前途茫然的孤独感占满内心，在日记上写着：“我会去哪里？我会去哪里？”

抽屉里有一叠没写完的稿子，其中有一篇关于一个高中男生逃家的故事。想往下写，又收进去，索性把专放稿件与写作大纲的抽屉贴上封条，仿佛唯一的财产被法院查封。

如此整顿之后，升高三，当同学们一个个迸发高三杂症，勉强念书，或奔波各补习班像只无头苍蝇，我却笃定得像个磐石，心稳稳地纹风不动。继续按自己的作息方式安排读书计划，虽然高三下学期的课堂考试成绩糟透了，但我摒弃老师的授课进度及测验计划，照自己的时间表走，不急、不慌，从不脱序。我读书喜欢问“为什么”、思考答案。有时语文里的问题必须从历史找解答，历史里的疑问，可以从地理得到线索。活读比死背深刻，而且有乐趣。如此一遍遍地读到胸中如有一面明镜，且语文、历史、地理知识相互串联、佐证，活生生如能眼见一朝一代风华。联考前一个礼拜，同学们灰头土脸、乱了军心，熬夜赶进度；我却无事可干，反其道而行，逛市场吃红豆冰，买番茄弄蛋炒饭，早晨、黄昏到山径散步，过几天舒服日子。其实无形之中，脑子里正在整编、活络所有念过的内容，使枝枝节节的知识更加密实，形成实力。我有自信，问任何问题，我都能说出一番道理。

联考那日，大多数人像进刑场，我却觉得像园游会。听说有同学拿到试卷，眼前发黑、手心冒汗、下腹绞痛，我觉得不可思议。我太稳了，拿到语文、历史、地理试卷，觉得像在考小学生，暗笑出题老师怎么出这种简单的题目。钟响后，同学们纷纷翻书找标准答案发出哀号声，或到家人面前忧心忡忡。我没人陪考，也觉得家人像组“进香团”陪考只会坏了军心。我一本书也没带，考过就算了，不再想它。闲得没事干，买汽水边走边喝，像个巡逻。

没放榜，我已算出自己到台大，就算科系不理想，选个学风自由的大环境再转系总比意气用事只填几个志愿再挤破头转校保险。我要到一个人才荟萃、高手辈出的大环境逼自己成长，所以，台大文学院六个系全填了。同学问我：“万一上考古系怎么办？”我说：“那就去挖坟墓嘛！”老师看我的志愿单，同样纠眉头，简直是没主意的人的手笔，我仍坚持从头填到尾，人生哪能一下子就称心如意？我把选校搁第一顺位，进了大环境一切好说，“考进哪个系不重要，从哪个系毕业才重要！从哪个系毕业又不重要，将来走哪一行更重要！”我一向不认为一次联考就定了一生，往后的变数很大，多的是进自己的第一志愿科系，毕业后才改行的例子，与其四年后再从头学，我宁愿花一年时间好好摸索清楚，二年级时在哪个系，对我而言，就是决定了今生。

放榜后，在大屯山城赁居的小屋打点行囊，一下子天地开了。三年高中生活留下的日记、写的文章，一把火烧了，我的青春岁月在火光中、泪眼里化为灰烬。那些忧喜苦乐全不计较，也无须保存，我知道自己又要去陌生地方从头开始，就像过去每个阶段，命运交给我一张白纸一样。

在不断飘荡中，能感受自己的生命有了重量与意义是最大的收获。我太早离开家庭的保护，也学会独立、为自己的生命做主，虽然无法像一般人拥有快乐的青少年期，可是也学到同龄孩子学不到的，如何做一只在荒野上准备起飞的鹰。当一切匮乏，无人为我支撑时，我惊讶自己能从“无中生有”，磨砺出各种能力，守护自己。这样的训练比考上心目中的大学更重要——或者反过来看，因为有这种训练，才可能上心目中的大学。年轻生命蕴含各种潜力，愈早自我开发愈能起飞。可惜，大部分的人耽溺在家庭的优渥保护下，只知道吃鱼而不懂如何打造一根钓竿，其实学会钓鱼才是大训练；有的人则可能因家庭破碎而击溃向上意志，不懂得把恶劣环境当作生命中的“少林寺时期”，练就一身铜墙铁壁功夫。每个人成长的困境不同，但我仍然相信，对生命热爱、对梦想追寻的这份毅力，会引领我们脱离困境。不要轻易认为今天就是末日，因为明天的太阳跟今天不一样。

如今回想高中生涯，短短三年，却把我一生的重要走向都起头了；我如愿转入中文系，如愿成为作家。少年时，怨怼老天，现在懂得感谢。

因为，当他赐给你荒野时，意味着，他要你成为高飞的鹰。

如此渴望

我不知该如何叙述才能让年轻学子明了少年时埋藏在我心中的那份渴望。

渴望知道我是谁？我将何去何从？

就从一个寻常午后开始讲起吧！我独自走在田埂上，两旁是漠漠水田，远处也许有白鹭鸶飞过，隐约记得是个舒适的春日。不知受了何种诡异力量的诱发，我一面专心行走以免滑入水田，一面呼唤自己的名字作乐。于是，愈唤愈急，愈急愈绵密，密密语如铜墙铁壁，突然，整个人触电似的呆住，那名字脱壳了，离我而去，不再能指称我。放眼望去，仍是熟悉的稻田竹林河流，如此天宽地阔，但是我——一个小学生，却在瞬间不知道自己是谁。

回过神来，一切相安无事。但这惊悚的经验如一颗夜明珠被我吞下，自此后，它改变了我的眼光。

这件田间小事足以说明，为何像我这样生长于二十世纪六十年代毫无资源可言的穷村，家中只有日历与皇历再无其他书籍，从未念过私立学校，不曾代表班上参加作文比赛，从未补习、家教的孩子，竟然在二十四岁出版第一本书，并且依照十七岁少女所愿，一生成为作家。

如果年轻的你尚未看出关键所在，让我再换个方式说明：一个孩子若对生命课题起了困惑，对自身存在感到迷惘，除了精神“离家出走”之外再无第二条路可去。这意味着，他遇到了大破大立这一关。

有了这层了解，接着让我们随这孩子（也就是我）走进教室，在她的座位坐好。这是开学第一天，老师走上讲台，几个学生捧着各科课本尾随而至，她睁大眼睛盯着课本，心口怦怦地跳，仿佛灾难饥童盯着食物怕它消失。拿到课本，她痴迷地嗅闻新书香味，语文、数学、社会、自然……只要有字，都很香，比地瓜签饭、萝卜干还香。

渴望，就是这种渴望让我拿到语文课本当天回家即大声诵读一遍，一学期口粮一晚上吃去大半，直到高中仍旧如此。朗读一遍，意犹未尽，再诵二三遍，不知不觉竟能背诵，在声音的跌宕起伏之中，感受音韵铿锵、情思绵远、义理壮盛之美，将人团团围住、缓缓渗透，吃人参果也不过如此。记诵犹然不足，必取纸笔摹写佳句如珠宝大盗欣赏文字钻石，写着写着，隐约抓到中国文字所独具的那种相生相克的图像之美。如此自得其乐地演练，仿佛远远地看到地平线那头，浮现一座文学帝国。自此面对古典作品、当代佳文、国外名著，渐渐能体贴各式各样的情感样态、世事理路，与作者心心相印，跨越千百年时间鸿沟及文化樊篱，以我这后生小子的眼流他们的泪。

每一篇文学作品，讲的都是生命故事。诸葛亮写《出师表》、李白写《将进酒》、苏东坡写《赤壁赋》，不是为了给千百年后台湾地区中学生参加考试用的；胡适、徐志摩、钟理和活过的一生就像一方方珍贵矿石，有悲欢离合的纹路、爱恨情仇的光泽，有不可割切的傲骨之处，也有人性软弱。不管怎样把玩、鉴赏都行，就是不可捧石头砸自己的脚——有位老师出题如下：“徐志摩原名章垿，字槱森，后改名志摩。为什么改名为志摩？试申论之。”程度好的学生猜测跟《维摩诘经》有关，想象力丰富的拆解为“有志学达摩祖师”，调皮的干脆来个死无对证：“这要问他爸爸，但徐老爷已经死了，无法查证。”（解答：小章垿周岁时，有一位志恢和尚“抚摩”他的头，向徐老爷说：“您这儿子是麒麟再世啊！将来必成大器。”徐老爷大乐，自此将章垿改为“志摩”。讲白一点就是，被志恢和尚摸过头了。）唉！徐志摩一生何等精彩，若他生前预知台湾中学课堂上有这么一道题，撞机之前恐先撞墙。远的不说就说我自己吧，高中新生报到那天，我缴交准考证、户口名簿、成绩单及填写的表格，受理职员白了我一眼，说："都高中了，连自己名字都写错！"我翻开户口名簿一看，如遭晴天霹雳，是"媜"，不是从小学写到中学的"媜"字。如果具有考据癖的老师一定要考何以"简媜"变成"简媜"，我愿意提供标准答案，只有一字：笨。

饥渴的学生总是嫌课本太薄、文章大少。不得已转而搜罗学姐的旧版本（也算一纲多本），多读几课算是打牙祭，一点也不觉得联考不考，此举浪费时间（我始终不懂，为什么有些人对考试不考的书籍皆不看、不读、不想）。接着，当然会流连书店，补充课外书籍宛如卖火柴的小女孩上五星级饭店享受自助餐。课堂上反复讲解注释、逐字逐句翻译原文、做不完的测验卷这种宛似"人体解剖"的教法已不能满足一个对生命充满好奇的学生。我真心想要的是与古今文学大师面对面，促膝而谈甚至抵足同眠；我想进入陶渊明、李白、杜甫、马致远、曹雪芹……的内心，与之同等心跳，苦其所苦，悟其所悟。每位大师皆彰显着独一无二的才华、人格特质、思想高度，成就一种奇特的生命典型，如此光芒万丈，令人迷恋、向往。

我仍然相信，阅读与恋爱，是最能促使大脑分泌脑内啡、引动欢愉情绪的两件事。恋爱受制于他人，且有副作用，倒不如阅读来得飘飘欲仙。我们的社会过于焦躁、庸俗、非理性，若大部分的人愿意回到书房做有意义的阅读，相信会改变这个社会的狰狞面目与气质。阅读行程里，我时常返回古典文学部分：诗词曲或章回小说，鉴赏每一件国宝、精品。马致远二十八个字的《天净沙》能做什么？啥也不能做，既不利于理财投资，也无助于养生保健，但它能让我的情感辽阔，看到六百多年前某一天，“夕阳西下，断肠人在天涯”。

然而，当我们有幸站上巨人肩膀，并非为了成为其信徒或影子，恰好相反，为了借智者之眼为眼，高高地看出我们这一生要走的路。

我所甚爱的文学深戏偏离了教学与联考现实。所以，我的作文成绩只能算普通，联考作文分数约是中等（跟题目过于空洞、抽象有关）。我大胆推测，作家中与我类似的应不算少数，甚至有几位知名小说家，其作文簿恐怕曾被语文老师批改得体无完肤，斥为“不通”吧！

作家，是具有“黄河之水天上来”般创见与才思的一群人，拥有让文字龙飞凤舞的叙述能量，但是，不见得是个联考作文得分高手，不见得能任劳任怨地写测验卷。

作家不是为联考而来。同样地，联考门槛也挡不住一条游龙。感谢上天，人生很长，联考只是关口，不是终极绿洲。

回到语文教室。我们能否有一点雅量与悟性，让语文课成为文学心灵的圣殿，老师是招魂祭司，师生共享一趟丰饶的心灵之旅，而不是耗费宝贵青春埋首写测验卷（如：黄春明《鱼》中，写的是什么鱼？①鳕鱼；②秋刀鱼；③吴郭鱼；④鲣鱼。依我见，让学生分组把《鱼》改编成剧本、演出，岂不活泼有趣？！），接着，互改考卷、争取0.5分之差、计较排名、死背标准答案（唉！连地狱十八层住户都不必过这种生活）。我们做家长的，能否不要在语文课计算投资报酬率：花多少钱进作文班换得多少分？写作技巧不是不能学，但过度强调拆题秘技、得分高招恐会不知不觉僵化了思维，形成可怕的制约反应（我称之为长脑瘤）。与其如此，不如平日多阅读文学名著，培养鉴赏力与品位；年轻的心一旦被启蒙了，视野开阔、思想灵动、涵养丰富，自能脱胎换骨。人生漫长，那几招得分妙技，哪能压得住往后的人生风暴。

除此之外，我嫌课本太薄、材料太少，对家境清寒无力提供其课外养分的穷学生而言非常不利。（反对者言：太厚太重太贵，教不完，老师、学生压力太大，引发焦虑症。我的建议：不须全部教完，多读有益。）

其次，期待每位语文老师都能研发一套独门秘法，开学第一堂课先教一篇千古催泪奇文（脱离课本亦无妨），借以收魂摄魄，让学生隐然兴起渴望。（反对者言：若赶不上进度，学校有意见、家长会讲话。我的建议：那就请家长一起来读吧！变成一场鉴赏名作、讨论心得的读书会，让子女见识父母的能力、父母发现子女的才华，有何不可？）

如果写作能力是语文教学的重点指标，那么，我们是否更应该在学测时给予充分时间写作，甚至单独将非选择题部分抽出另成一卷，至少有两三小时可让学生发挥能力、从容完成。（反对者言：多出一卷，压力压力压力！我的看法：命题写作测的是学生的语文极限状态而非“写字速度”，若时间紧迫，所呈现的易为四平八稳的范文或支离破碎之作，无助于能力鉴别。即使不世出的大才如李白、苏东坡、曹雪芹、徐志摩……来考语文学测，恐怕也会叹：“神啊！请多给我一点时间！”曹雪芹肯定会写不完，唯一例外大概是七步成诗的曹植，他第一个交卷。）

以上也算是我的渴望，但不是对年轻学子，是对手上握有权力且正好打开耳朵准备聆听的人。

甜蜜牢房

创作者善于把自己封锁在密闭而又多重形变的时空单位里，像一头密室内的猛兽，因聆听自己的鼾声而亢奋；有时，密室即是他的身体，在梳理毛发时抱怨空间过于昏暗害他迷路。你很难找到坐标去敲门，也不可能夜闯他的书房以窥伺灵魂的秘密，他是资深流浪汉，四处产卵，一辈子没固定住址。（此段写于汀州路“城市尘世”咖啡馆。）

基于每个创作者都必须接受税务局监督，所以他有“户籍住址”；基于每个作家也必须接受编辑晨昏定省，所以他有“现址”；基于他必须有一块空间从事泥水匠般涂涂抹抹的书写活动，所以他有所谓的书桌及书房。

你对他的书房有兴趣吗？不，这句话应该修正为：你对乱葬岗有兴趣吗？（此段写于办公室。）

在早年拥有谷仓、猪圈却没有书房的农舍时期，我与同代儿童一样游走于八仙桌、饭桌或灶口前架一条板凳，一面顾火一面写语文作业“小英英快起床，起来看花去”；有时走向户外，以后院水井边、竹丛下那块又大又滑的石床为桌；甚至在无缘由的忧郁填满胸臆时爬上屋顶，一面为“苦海女神龙”的命运垂泪，一面计算 365÷12 的余数是多少。牧歌式的童年会让一个驽钝的人至少写出一首好诗，也让大把年纪的作家常常修改内容——譬如，忘了第五页死到哪里去，只好再写一次。

所以，至少有三本书分别是在单人床上、咖啡馆、亲戚家的婴儿房完成。那段时期寄人篱下，桌子架在床上，早晨一骨碌坐起，先写四五行再下床，换洗床单时，常发现某篇文章的遗骸，真是惊恐，好像死了很久的人还跟你睡一块儿，皮肤还吹弹可破。（以上写于台中火车站附近“松竹轩”咖啡厅。）

现在，我有一间甜蜜牢房，被一墙壁张牙舞爪的黄金葛与从阳台刺破纱门大咧咧住进来的九重葛包围着。阳光喜欢在宛如小舟的栗树叶上打烙印；深夜，巷口白茫茫的路灯洄澜而来，牢房像千年幽冥穴，栖的都是善良的鬼。我走来走去，在泛滥的书灾中欲醉欲死；新稿与旧墨如羊群般，随地放牧。偶尔不知从何处飞来黑蝴蝶、蓝蜻蜓及妖娆的野蜂，逛了逛，似乎不屑，各自散去。

不会重演的就不叫故事。搜遍客厅、厨房、卧室就是找不到第五页，蠢着一张脸回到书房，只好打开心内的密室，再写一遍第五页。

（终于完成于自家书房。）

隐身术

与其对“隐身术”这类事件进行泛道德判断，我更倾向于对使用者、物品何以产生依赖的原因进行了解。一个以思考、创作为生命专业的成熟人（本文仅设定此一族群），冀望通过特殊触媒以揪住缪斯的头发，扑在她背上吮吸那可以使人进入天堂乐园的蜜血，我相信他已充分衡量触媒所带来的正面效力与负面灾情，他负担得起。作为一个同业，我只能表达“我会去做”或“不会去做”的意见；只有当他无力承担灾情又在精神、物质上殃及无辜时，才牵涉道德判断的范围。一个人应对他所选择的负起完全责任，这是我对成熟人的基础认知。

创作是具有幸福属性的一种自苦行为，从事心灵工程的子民，或轻或重流着临水观影的纳西瑟斯自恋血液与滚石上山的薛西弗斯自虐宿命；水仙花与滚石齐驱，幸福与受苦同步，一切为了成为缪斯座前最受宠爱的嫡长子。因此，当创作过程出现内部危机，作者处于进不去、出不来的边缘地带时，烟、酒、咖啡，甚或大麻（或其他药物）作为中途驿站，提供作者短暂的休憩，此时虽烟而意不在烟，虽酒而心不在酒，他终会取消此一驿站继续进入书写。当然，长期选用某种物品当作休息站，也会形成惯性依赖，反过来使他在书写之前必须先备妥物品才有“安全感”。至于隶属创作转型期的大型内部危机，则非任何物品能解除，物质有其局限性，作者若扩大对物品的依赖深度与耽溺次数，则是物品的负面灾情大举肆虐之时。尚能理性控制的，灾害轻微；失去主权为物所役的，代价甚巨，譬如滥用药物与酗酒。

就外在困境而言，现实我与创作我共处一身而相互倾轧，现实运作轨道与想象国度一向互为世仇，为了模糊现实、释放创作我，常依各人癖好营造具有仪式作用的“情境”：音乐、某品牌的笔或稿纸、陌生且嘈杂的咖啡馆……情境或复杂或单一，仪式或简或繁，烟、酒、茶、咖啡……之被需要，本质上与其他东西并无二致，都是隐身术的一种。有趣的是，借以隐身的道具中若有食用性物品，在创作的内部危机出现时，也会回到口腔，创作终篇时，亦不自觉地进行口腔庆祝。

选择灾情较轻微的隐身术与中途岛当然是最明智的，虽然多位中外文豪曾透过特殊触媒抓住缪斯的脚跟，不过，我相信抓到她的破鞋儿的也不少。

梦的废墟

梦一直困扰我，所以长久以来养成习惯，把做过的梦记录下来，赫然发现，现实只是梦的废墟。

1

我好像在旅游。起初，跟一个小女孩，她几乎是侏儒，爬一座很矮的圆形小山，长了竹子和树，山被暗绿的草覆满，我几乎可以用手捧起来，可见其小。但当她领我走进山里，我的身体也变小了，觉得竹、树又高又密。她的左手拿一根拐杖，我的右手也拿一根长杖，我一直打旁边的草，怕蛇！我们要找山底下的一条河，好像要洗脚！

可是山变得险恶，到处是悬崖。她说：到别处找吧！她知道有一处宽阔的河滩，里头有水有鱼，也有蛇就是了。下一幕，我已经在河滩上，她消失了。河滩一望无际，鱼又多又大，串成长形到处游，每三五条互相咬住尾巴成一队；蛇又长又多，都在游，同一方向，发着闪闪的银光。我有点怕蛇，等蛇都游过了才继续在河中行走。后来，看到很多人在挑鱼，原来这河滩是很奇特的市场，人们可以自由下水挑鱼，所以鱼被串成一长条。那些鱼都是活的，嘴巴一张一合，没看到麻绳之类，却都串得很好。我没挑，看她们挑（都是女人），好像也没人挑中。

2

我在街上走着，走在一个男人后面，他是我的“情人”，可是我不认识他，也不知姓名。忽然，有两名歹徒逃窜而过，另两名类似警员的人迎面追击，要射杀歹徒，我发现了，躲在“情人”背后。这时，变成警员要射杀我而不是歹徒了，子弹误射在“情人”脸上，他倒下，我大声叫他、摇他，我在哭，四周无人可求救，他流血了。我抱起他，跑着要找医院。忽然，那两名警员在我面前散步，看见我抱着流血的人居然不帮忙还在笑，“情人”也在笑。他们三人完全不能理解“死亡”，我在毫无死亡意识的人面前独自绝望。梦结束。

3

我往郊外去，坐车，要到有河水、有绿地的地方。风景出现了，我变成走路，但怎么走也走不到。我又搭原车回来，我下不了车，每当我要下车，这一站已过了。

4

主要的梦是：妹妹死了。我在家里（摆设不像家，但我知道那是家），门外传来“快送医院”的惊呼声，妹妹与乡下的邻居玩，他用长棍打断妹妹的脊梁，送医不治。妈妈与弟弟都去了医院，我在家守着电话（这是我的逃避行为，我害怕去医院面对死亡），电话响了，有人告诉我“死了”，我放声大哭，要赶去医院时，弟弟们已抬着妹妹回来，担架很奇特，像“井”字，她躺在中间。他们没有悲哀的表情，像抬一头猎兽，频频说：“重啊！”我与妹妹对看，她忽然张开眼睛对我眨眼，露出神秘的笑。弟弟们将她从担架上用力甩到床上时，她的身体一分为二，一前一后，后者是肉体，半裸露，前者是灵魂，分裂时有脱壳之声。我一面哭（只有我在哭）一面非常心疼她，见她的肉体裸露，抓起一件半黑半白的毛衣覆盖她，以免她冷。我爬上床，拥着她的灵魂，像拥着一个情人一样，非常温柔。她问我："生命最终的意义是什么？"天真无邪地。我搂她，以脸摩挲她的脸，说："追求解脱！"我流下泪，她则以无邪而明亮的眼睛看着我，我说："你已经解脱了，就无忧无虑地去，另一个世界是很美的乐园，你应该高兴马上就要去了！你要回来告诉姐姐，那里好不好玩！"她面带笑容说："好！我们约定半年后我回来找你！"梦结束。

5

看来是个孤独者，在梦中游荡。

昨晚梦中依然一个人出游，绿草如茵的江岸，一棵棵高大的花树静静地依江而立，无叶，有的开花，有的不开。花很艳丽，像粉红色的牡丹吧！我在江边游赏，看到对岸的花，发出惊叹。

梦中的距离可以随意调整，原本隔岸看花，花小，叹息之后，有一朵花自动来到面前，我才看清花瓣上有几丝白色花纹，但花树仍在对岸，我跃江而过，站在树下静静观赏，没有摘它，每一朵都又高又大，也摘不着。

我似乎起了摘花的念头，沿江而行，高树的攀不到，矮树的没开。忽然，岸边坐着三个女人，很小，年轻，像孩子般的成人。其中一个，很快乐地对她们说，她知道简会来看花，言谈间似乎对我很熟悉，可是我不认识她。她说话时，我站在一棵树干后偷听，第一次，在梦中我发觉自己叫“简”。我转身而走，她们没发现我。

接着，路边堆积很多闪闪发亮的石碑，也很美，我凑近一看，是一堆排列整齐、尚未镌字的墓碑，最上面的那块刻了字，黑石上刻金色字体，闪光就是金字发出的。我看不懂是什么字，因是草书，但我知道，那一排石碑表示即将先后死亡的人，每一块都有主人了。不远处，有个年轻男子正在镌字，非常专心，他没看到我，但我明白，等他把字刻好，表示有一个人要死了。

接着，我来到一片树林里，要在竹子的最尖端点蜡烛，很奇怪，每棵竹子的尖端都不见了，风又大，我非常着急，一直寻求。点烛可以驱凶避邪，我在竹尖点烛，可以化解死亡，我要阻止死亡。蜡烛终究无法点上，忽然出现一群形貌怪异的矮人，告诉我有一种灯可以挂在竹枝上；形状是一根钩头长杖，左边伸出两个半圆形托座，一高一低；右边则只有一个，左下托座及右边的上面各放一截燃着的蜡烛。他们要我去找这盏灯，它可以化解死亡。但是到梦结束为止，我没找到这盏灯。

——梦中镌墓碑一节，应是现实的倒影。日前，坐车经过万台桥附近，等红灯，看见路旁铁皮屋内有一位老人正在镌碑。当时，我从车窗看他，心想：他替那么多人刻墓碑，不知将来谁替他刻墓碑？又想：如果我是他，要开始为自己刻碑了免得别人刻丑，看了生气。

但是不通，不晓得何年何月归西，时间无法刻。继之一想：竖什么碑，死都死了，难道怕天下人不知道你已经死了吗？

6

梦见失火，有人尖叫，火焰沿着海岸线吞噬而来，潮水似的人群奔逃着。我似乎很镇定，抱着一床薄被——我想露宿野外会冷的，于是一个人逃到重峦叠嶂的凹处。

人群、棉被消失了，只剩下我，在暗绿而荒凉的山里独自行走。看到一列废弃的红色火车，我掏出票，座位是六车三号。

没有人，只有我上车，车开了，看见车厢内灯影摇曳，闪着绿色透明的光，灰暗、诡异、神秘的感觉。有一个人背对着我吹奏某种乐器，在他旁边的旧桌上，有一盏绿玻璃制的长颈阔腹灯，形状像花瓶，没有点灯，但我知道车厢内诡异的绿光就是这只灯瓶发出的，而且他的吹奏引起绿光。那种绿，很冷、很刺、很恐怖，是一种接近死的感觉的绿。我突然明白，那绿瓶是用来装一条大蟒蛇的，瓶内没蛇，表示大蟒已出来了，不知潜伏在车厢的哪一处？我发抖、尖叫，顿时明白整个列车就是蛇的身体！我跳车，跌落在铺满千百年枯叶的地上，那濡湿、柔软的腐叶又令我觉得是蛇的触觉！我发现列车根本没开，仍在原地。我又上车，从原来的车厢一直往后走。

第一次上车时，路旁有一牌子写“二车至六车”，我的座位是六车，照说是最末的车厢。但我为了摆脱蛇魇而前行，列车变成无穷尽的车厢。

7

梦里有人追杀我，我一面跑一面回头，没看到人。接着，追杀者出现了，以双手高握大斧头的姿势追我，但没看到武器。我再看，天啊！那不是“我”吗！“我”要追杀我呢！梦中很理所当然，“我”要杀我！只不过，那个我比较高壮，长得也不像正在逃命的我。

追杀者消失。我走下一处石阶，光线灰暗，石阶蛮长的。我似乎从亡命中回到安全之处，对那个地方很熟悉的样子。

我要开门，马上，左边出现像花圃般的处所，里头站着一条条紫、黑色交杂的蛇，它们很乖，像水草一般款摆，我不怕它们，好像它们理所当然是我的宠物或摆设一样。右边出现一棵高大、枝桠虬结的黑树，没有叶子，完全是一棵大黑树，上面结着累累的果实，再一看，不是果子，是一颗颗骷髅头。我毫不恐惧，理所当然地用手抓起自己的头颅挂在枝桠上，仿佛脱帽子一样，只不过我的头颅有脸有发，他们都没有。摘下头颅的我好像还是很完整的。我要开门，紫黑蛇张开嘴巴，吐出红叉舌芯，我摘下舌芯当钥匙开门。我明白那群蛇圈养在那儿，就是给我当钥匙使用的。

那道门是黑的、柔软的，感觉上像那棵树的所有叶编成的。我进门了，看到非常宽广、华丽的橙色天空，像晚霞时分的天色。而土地是一望无际的褐黑荒原，完全看不到一株草或河流，有很多黑衣人弯腰松土，没看到工具，没看到脸，沉默着，很认真地在荒原上工作。我似乎不必工作，因为马上出现一座围着白色帷帐的床，而我接着已躺在床上睡觉了。

如果那是地狱，显然我在地狱当的“官”还蛮大的。

——摘头颅的情节可以在现实中找到线索。几天前，清洗一些瓶子，其中一只找不到瓶盖，随便找了几个保特瓶的盖子替代，都旋不密。当时我想：如果人的头像瓶盖一样可以旋下来，那么当我们去吃日本料理时，除了脱鞋之外，还得把头旋下来挂在“头架”上，不知道会不会出现散会时，有人穿错鞋、旋错头的事儿？当他们旋上别人的头回家时，老婆还认得自己的丈夫吗？没想到厨房里的无聊念头竟跑到梦里继续发展！

到底是我“梦”着梦，才有夜游，抑或，梦“梦”着我，才有白昼？

宛如身在秋林

——三十之后

时间通过我们身上，如天外飞来一群白鹭鸶，停栖在湖畔，或交颈嬉戏，或衔羽啄水，不妨碍风景，甚至添了几分野趣，然而在它们日夜饮啖之下，湖泊渐渐干涸了。

时间成全故事，也把人变老。

年过三十，大约就跨入秋季门槛，少了年轻时期的燥热，也还不到雪夜呵暖的地步。最明显的改变是，对时间起了一份敬畏之心，不再像二十啷当岁，花时间就像撒黄金白银，自恃府库丰盈，全然不当一回事。接了几张讣闻，逝者皆在英年，又听闻几桩半空折翅的，亦是花样年华萎落在病榻上，自己才认认真真坐下来想：我还有多少时间？

如果中年心境的分际线除了以实际年龄划分，也包括心智阶段的转变，那么，我大约在未满三十之前就提早迈入中年了。是好是坏很难论断，坏的方面是少了撒野娇惯的福分，无法享用受人呵护的滋味；好处是，不得不与灾厄面对面，学了浪里行舟的技巧，此后便能健步如飞了。此时，方能从灾难苦厄中体会恩赐；此身幸存，又能开辟一条身心安顿的文学路，便是苍天赐我之大恩。于是，自最基础的幸福点重新观赏生命、体会人间，才能发现过去为之号啕顿足的困厄之事乃人生的奇幻风景，无一不是成就新生命的逆增上缘，当年种种嗔怨的情绪，如今想来令人汗颜。

跨入三十，观看人事的视界放宽了，很多事情并不像过去认定的，必须单刀直入截然两分；是非、对错、祸福乃两两互为因果，相对会照而非绝对两立。从此处看为“祸”的，自远处看说不定是“福”；我认为我对的，从别人立场看说不定是错。在人我世事之间，渐渐希望取得共生和谐，而非偏执的自我中心。现代工商社会竞争性格强烈，不自觉地陷入集体制约，人人以自我为中心，说是追求自我，然而这个“我”除了自己目中无人，这样的自我恐怕不能令人信服吧！如果在追求自我内在的丰盈后，目中有人，且是愈来愈多人，岂不令自己欢愉！前者是自他人手上搜罗粮草集于己身，后者是从自己手中分派出去，一念之间决定了豪取或布施。能布施的人，心中自然纯净、富饶。

“随缘”二字，慢慢咀嚼之后开始回甘。随缘并非无所谓地消极停滞，而是以开朗的心情珍摄现境。人会移事会往，现境中的人、我、事、情，将在时间中渐渐变化而成为昔境，在现境中不即时成全的事，待变成昔境后，千军万马亦无法扭转乾坤，所谓随缘，便是放在无常的大背景上来看。职是之故，行步中与一株山涧野樱相遇，便随此缘而珍惜现境，赏之赞之，两情相悦；烟尘中，与人萍水相逢，亦随缘而相互成全，不管明日是否相离，心里都不会有憾。

人与自己的生命，也是随缘吧！谁也无法预估还有多少时间。常与朋友闲谈生死，他们笑我生年未满半百，却一副老年口吻。我说，如果我的生命在四十岁结束，那么年逾三十便算老年了；如果活到一百，当然三十出头还算少年。只是，我宁愿假设年华有限，不愿依托于虚妄。更何况，就算百岁有份，也不过是一副残躯留在世上缠绵病榻，有何意义？如此一想，三十是生命的新里程，一则内境如初秋山林，清旷平安；二来正好有能力到外疆上驰骋，往志业范畴策马扬蹄。则不论生命何时告罄，都不辜负随缘的真谛吧！

文学是志事，早在三十岁以前就底定了。苍天化人，各有禀赋，我何其幸运，很早发现自己身上有一份笔墨心愿，又能在成长过程得到各种磨炼与护持，顺坦地走上这条路。与其说，确确实实有一个“我”，成为作家，得享分内之声名利禄，不如说苍天在我的口袋放了一份礼物，要我将它琢磨成心灵宝珠，于有生之年分赠出去。才华寄放在我这儿，不只是用来图谋个人荣禄而已，它更属于众生所有。正因为步入中年之后，对生命产生新的体察，遂不再像二十多岁时视文学为个人锋芒的展现。有了这层省悟，我看待文学比以前纯净、坚定，只管潜心锻炼文艺，勾勒写作图谱，若侥幸还能有二三十年流金岁月，按图吐哺，应不枉苍天赐才的大恩了。至于一生所作，将遭受何种褒贬，都是身外之物。当我化为一抔土，若作品与人俱灭，表示才华不足、耕耘不勤，理应淘汰；若能在后代手中展阅，届时“作者”二字也不过是一个空洞的符号。如同我们被李白的诗歌感动，但“李白”二字已无法联结到活生生的实体。我视前人如此，后人亦将如此视我。可见身前身后个人的荣枯，都是虚妄。

穿过种种虚妄，再回到案前俯首振笔，心里平静如同天地无言而四季依序进行、星月自然交辉。

仍然沿着红尘的溪岸行走，白鹭鸶在我的时间湖泊戏水，我观赏秋天山林，那份高旷的寂静。

第三章 爱情，是我在这世上唯一懂得的事情

幽灵花

我在黑暗中不知坐了多久，直到窗帘下飘来一道雾色天光，才惊觉已是清晨。

显然，在无意中找到对肩膀较友善的姿势，才能在辗转整夜之后，拥被移坐书桌前，获赠一小段还算有香味的小盹。

按亮桌灯，堆叠的信件、札记映入眼帘，像野地里被遗忘的残墓断碑。叹口气，熄灯，重归黑暗。但那道雾色天光又亮了几分，被拭银布擦过，且是被从残墓里爬出来的鬼主动拭亮的样子，越发显示不管我愿不愿意，这叠具有时间苔痕的字碑，与我同时在清晨醒了过来。

是该做决定的时候了。

一年多前，上一本书出版之后两个月，一个突如其来的消息让我陷入诡异的暮气里。仿佛世间旅程即将结束，负责任的旅客应该开始整理行囊、清除垃圾。这股忽隐忽现的情绪使我兴起自我整顿的念头——倘若来自遥远国度的使者忽焉降临，携我之手踏上归途，我希望家人不必摸索，只需拆开一个信封即能掌握一切。然而，写得出账号、密码之物都是简单的，难的是好庞大一座人生剧场里还留着的遗迹。故事已了，主角星散，但那灯光、道具、戏服、纪念品还堆在角落。一出又一出动人肺腑的戏，于浩瀚长河中云消雾散，留着的物件，是有情的，也是无情的，是有意义的，也是无意义的，系乎一念之间。

忽浓忽淡的暮霭情绪让我时而像持帚的书童因赏玩旧物而起了欢颜——此物可留，转赠可爱之人另成一桩美事；时而是挥舞十字镐的莽夫——此物徒增伤感，毁之可也！不知不觉竟也清掉泰半。

唯独有一大包用细绳牢牢捆绑的文件，令我伤神。包覆的牛皮纸上写了几个大字：“不知如何处理，暂存。”当然是我的笔迹。不记得是哪一次搬家清理旧物时标示的，显然当时的心态是留给来年的自己处理。问题是，如今的我还能将它继续交棒给来年的自己吗？我还有多少个理智健全、情感鲜嫩的来年？未来的我比现在的我更擅长处理吗？

伤神之中也有容易取舍的：有一袋信件，乃行走江湖数十年积下的，不管是基于公谊或私情，皆已是如烟往事，不必留恋。还有一袋残稿、信件、资料，属于不及三十岁即病逝的诗人。关于这人的情节已化成文字藏着，想必那闪亮却早夭的文采已随着乘愿再来的意念正在人世某个角落萌发。三十多年逝水滔滔，这人活着的时候无依无靠无家无眷无恩无怨，我留着的是他已遗忘的前世，残稿也该让它化尘了。

另一袋属于不及四十岁即病逝的评论者。二十多年了，关于他的纪念集早已付梓，也仍有肝胆相照的朋友还数着指头算他离开了多少年，继续有人想他。那些信件、文稿影本，像浮萍漂荡于荒凉的河渠，不必再留。

还有一袋信件、卡片、论文抽印本，来自一位医者朋友，跨过知天命之年没多久即猝逝，想必已在天堂另辟实验室继续其未竟志业，焉会挂念友人对他的思念或忘却，也不必再留。

前述的都好处理，苦恼的是数本厚薄不一的札记、信件、文稿。

一年多来，这叠札记残稿困扰着我，打开又收起，收起又摊开，只看几行又合上，心烦意乱不能静读。毁，或留？留，或拉杂弃之？文字是粗糠，也可能是未发芽的种子，提起放下之间岂是易事，我竟恨起自己当年多事，接收一篓烫山芋做什么！

任何事物，最便捷的方式是物归原主。这确实是我最初的想法，也费了一番心力打听。但当我终于来到原主面前，却被一股难以抵挡的苦涩淹没，感慨万千几乎不能自已，以致无功而返。

为什么没想到下山时将提袋从车窗抛向山坳呢？芒草与雨水擅长收拾残局。现在想，也来不及了。然而，我当时若下得了手，必定不是有血有泪的人。既然下不了手，当作是命中注定吧。

接下来，就是这张桌子上的乱法，每天刺激我的眼睛，竟也刺激一年多了。

犹如不愈的肩痛提醒我暗伤是年岁的赠礼，只能笑纳无法退还。跟着我数度播迁从年轻到霜发的这些札记，或许也藏着我尚未领略的深意。

传说花与叶永不相见的红花石蒜，绽放时宛如一条猩红小径，引魂入冥界，故称幽灵花。花具魔香，令游魂悄然追忆前生，不禁霎时流连低回。这批文字，或许就是飘浮的幽灵花籽，当年书写者与被写的人均不知在寻常的儿女情长之中挟带了种子，留了一线花开的可能。

幽灵花，又称彼岸之花。流连追忆，终须归籍彼岸。

字如种子，让它绽放？让它枯干？决定在我。然而，浪漫之情接近干涸的我，需要一个征兆，一丝心动，一种忽焉袭来的芬芳情怀，让我恢复柔软，不至于像个酷吏在下一次垃圾车来时把它们扫入垃圾袋。

天色已亮，喝完晨起第一杯咖啡。我随意抽一本手缝札记，到对面小山丘栾树下坐着。

晨风微微。封面点点斑痕的小札像落叶装帧成册，翻开首页，写着二十多年前的日期。我暗想，如果它的主人记的是柴米油盐、嗔恨怨憎、资产损益，我就要狠心毁弃。

如果，如果是沾了华采的灵思？

鸟声啁啾。翻开，文字扑面而来：

听到第一声春雷，雨沥沥而落。在神学院。

林荫苍翠，一丛杜鹃开得如泣如诉，其他早开的都凋谢了。清晨的缘故，宿雾未散，带着雨中的清寂。有一丛不知名的灌木花，枝桠瘦长，结一球球白花，十分写意。昨日来时发现的含笑树，高枝的地方有几朵花开了，攀不着，也不想再摘，花留在枝头甚好，不应独享。这宁谧庭院里的花树，已是一篇完整的福音。

我现在坐的位置，是教堂左侧的楼梯。眼前这棵大树，挺拔遒劲，薄绿的新叶及细碎小花，成就今晨的丰姿。刚刚雨急，打掉几片老叶，在半空翻飞而下，非常优美。在树的宇宙里，离别也必须用优雅的姿势。

这样安静的晨光之所以可能，乃因为众树、繁花及不被眷念的杂草都依循着同一套自然律则，一起听闻春雷，一起沐浴雨水，一起承受阳光的布施，也一起在严冬遭受寒流吹袭。它们各属不同族群，却安分地阅读同一版本的典律，在春天那一章尽情繁茂，在冬尽时同声叹息。

静极了，只有雨声。我闭目感受这份宁静。鸟是访客，我也是访客。

这美好如上帝之吻的早晨，如果你也在多好。

叹口气，群树做证，我决定保留。

为了这句宛如呼唤的话，“如果你也在多好”。

日光又现

日光又现，窗外是熟悉的兰阳平原。

札记写着：

不知往哪里？灰暗的色调，老旧且沾着潮湿气息，昨晚的梦，质感很奇特，好像从某一口遗失的衣箱底层翻出一匹上个朝代江宁织造出品的闪花绸。

一群人，老女人，褐黄、铁灰衣色，不怎么交谈，似乎彼此间存有敌意。我于其间行走，安静且孤僻，好像去看展览，某一座博物馆，空气沉滞，展一些古旧之物，像器物的坟茔。我上二楼，看见一件古橱，木质，玻璃内数尊石雕，有一尊吸引我的眼光，非常朴拙，是仰望天空的幼童像，脸部圆融，表情抑郁。橱子的抽屉打开着，一汪水，数尾小鱼悠游，绿影拂动水纹，那是草的姿态。

奇怪的梦接着变换场景，我走在一名女人背后，她背着小孩，我看见石子路闪闪发光，捡起一看，是银铸般的圆币，数枚，大小不一，但梦中的我认为是月亮的不同文字的缩写。

也许受了梦境的指示，特别注意月亮。

今晚的月叫七月半，又亮又圆，跟鬼一样没有瑕疵。归车中，一脉流云以泼墨笔法通过月，正巧嵌着，如一头飞行中的白鹰。

黑夜中的白鹰，我想什么话都嫌软弱，生命也有森冷到连自己都可杀的地步。

司机广播礁溪站快到了。“干溪”，从小是这么叫的，到干溪洗温泉。干旱意象，怎料到在宜兰开拓史上变成花枝招展的一页，沾着酒味与粉香。“前往礁溪的旅客，别忘了随身携带的行李。”隧道里外，颠颠荡荡，到底这捆札记是我的行李，还是，我是它的行李?

“别忘了”，谁不该把谁忘了?

杂草吞咽了故事

熟悉的兰阳平原。

说熟悉，不精确。近十五年间，冒出七千栋新盖透天厝的超级大建地，我跟它不熟。

我的根基，我的仙境，是一九六一至一九八四那二十四年间的兰阳平原。一九七六，提着行李离乡那天，天空是转过头去不愿向孩子挥别的忧伤的蓝，以这一年为切点，之前十五年，我是在平原母灵怀里学步学语、读册耕种、夜来听虫族弦乐滑入梦乡的孩子。离乡之后八年，逢年过节，必须挤在车厢人群中，随每站必停的火车晃晃荡荡数站名，终于数过二结，在罗东站奋力将自己挤出车厢犹如自母体挤出一般。“回家”这行为像一道密码，鉴识身世，有家可回与无家可回之别就在于经过鉴识之后判定此人是否为被遗弃的人。我的成长虽然艰辛，但家一直在，牢牢地种在兰阳平原丰饶多情的土壤里。

一九八四，举家北迁，年节回家不必再当沙丁鱼。然而老屋、田地依然在，至今空了三十多年，老屋荒得只剩屋顶四壁，只有稻埕前数棵香蕉树壮硕得像快乐的佃农，举着香蕉串缴田租，仿佛某种关系还在延续。家不在这里，家仍在这里。这家，是身世，是土地母灵，是一生故事的开始。

阿嬷生前常念着要回旧厝。所以，告别式后，自台北一殡载着灵柩穿过雪山隧道归葬家乡墓域之前，我们特地安排她回老厝。

那日冷风过境加上滂沱大雨，像极了阿嬷一生的命运，但命运再怎么悲伤也要回到源头做最后道别。车行抵达村口，等在那儿的阵头奏乐迎灵，家眷下车步行，雨落得茫茫渺渺，身上虽罩着薄雨衣，也不敌凄风苦雨，丧服全湿。着麻衣麻鞋重孝的几人尤其吃力，脚丫涉着冷雨，每一步都冻入心扉，像她一生。

乡亲事先在老厝路头搭雨棚，灵车暂泊，车前置一桌，桌上设一椅，放阿嬷照片与神主牌，意同小坐休息。

“阿嬷，回家了。”我们对她说。

乡亲旧邻扶杖来见她最后一面，大多是老人了，这么凄冷的天出门不易，更见真情。

无从排解，那迷蒙的情绪无依无靠，让人淹溺。人世苦，最有情的可能是苍天，是土地之神，知道她回来了，拥着她的灵对泣，这雨才下得号啕。

我站在空荡的老厝屋内，每一堵墙壁、门槛都熟悉，每一缕烟火、身影都寂灭了。乱藤咀嚼这废墟，杂草吞咽了故事，一切仿佛不曾存在。我们带着她回家，只是证明自己没了家。

散布着乱笋般农舍、辽阔油绿的稻田被切割得越来越零碎的宜兰，已不再是我的仙乡我的梦国。回到这里，即使望向冬山河的眼神与幼时无异，我也知道自己是个异乡人。

啊！我们的根柢啊！

“嬷，”那日，我在心里对她说，“你要保佑我更强更壮，将来有一天，来我的稿纸上，我们重新活一遍。”

也许，那才算回家。

雨与不雨之间

札记上写：

这些雨跟那些雨，好像没有差别。若有，大概是我的脚湿了便不容易干。

我不断臆想整整一座山坡布着翠绿的草，樱树林蒸出粉红色的烟雾。山坡的正中央一栋木屋，大门常开，或者根本没有门，准备让风卷进来所有的樱瓣，红的水患，黑的风。

我不知道我在这山坡做什么，这场景却不断明晰，变成头痛的一个章节。不懂也没有关系，只要去记住就行了。留待长眠的时候，有一些旧书页可以重读。

这几日除了雨，没什么好记。昨夜几乎未合眼，一方面惦记窗户会不会破，又想：破了痛快，最好让风把我卷到深山墓园，省得我走。

放下背包，开窗让空气流通。窗外，一栋栋新建大楼高耸，遮蔽天空，也无法远眺海岸了。天色微阴，这山边温泉社区稍显老旧，与那板着脸的天色颇能呼应，看来，在雨与不雨之间犹豫。

给在办公室的丈夫打了电话，让他完全掌握我的行踪——这是老夫老妻相处之道。接着，检查这间小屋设备，麻雀虽小，五脏俱全，厨房里连小冰箱都有了。开放式空间，唯一有门的是浴室，按摩浴缸大到够让我摆桌椅在里面写稿。朋友是个好人，但她对浴室的“欲望”与我不同路数——那浴缸夸张到可供野鸳鸯翻云覆雨。实说，叫我躺在里面泡温泉会有罪恶感，不是因为野鸳鸯，是太耗水。我不认为罪恶感有助于疗愈这只快废掉的手臂。

下午三点半，午茶时刻，出外巡查比泡温泉更让人振奋。依朋友所示前往一家咖啡店的路上会经过小市场，买了水果，顺便寻思晚餐内容。既然找不到能做出符合薄油、点盐、清甜、淡苦原则的餐厅，对不喜外食的我而言，市场路线绝对比夜市美食地图更能救命。杂货店门口，一位阿婆坐在矮凳上择拣龙葵叶，篮内只剩这个和红凤菜，我选了龙葵——更乡土的名字叫“黑鬼仔菜”。我盘算晚餐用油、酱油、乌醋、香油、芹菜、辣椒干拌面线，再煮一碗黑鬼仔菜蛋花汤，干煎一片无刺虱目鱼肚。油脂丰厚的虱目鱼肚配上微苦的黑鬼仔菜，像富裕人家懂得赈灾济苦，那富才不叫人厌腻。

说不定潜意识里受了她的札记“风卷墓园”意象影响，才想吃阿嬷钟爱的黑鬼仔菜。也许，跟她无关，我只是依随记忆召唤，在异乡化情绪里央求黑鬼仔带路引我返乡。

无论如何，我需要一杯热咖啡，安抚彷徨之心。顺道回想我与她之间到底发生了什么事，才让我走到今天这一步。

黄昏的咽喉

她走学术路线，研究范围从古典渐渐跨到当代，以评论为主，另用笔名写诗，那次餐会我念的那几句是她改写屈原《楚辞·九歌·山鬼》的诗句：

如今，披发于岩上
看看能否晒干一两件记忆
山风追逐蝼蚁
蝼蚁眷恋你的残躯

仿佛有人在空谷散步

你终于明白

黄昏的咽喉

只不过是雨

餐会之后，我与她联系渐多。有时我去她任职的研究机构取稿，或是她来办公室交稿，理所当然去喝咖啡。她长我一截，又是同校文学院血统，不久即以学姐学妹相称。渐渐地，校园忆往、谈文论艺之外，也涉及私务了。

我们常去办公室附近一家小巷咖啡店，我习惯喝曼特宁，她喝咖啡，有时喝花茶。一点完，我必吞云吐雾。她曾在办公室听到同事叫我“简兄”，明明我是一头长发一身长裙的女性打扮，好奇这其中有什么曲折。

我告诉她，活在男人之中只好像个男人，男性大沙文主义建构出的文坛对女性而言是个大沙漠。他们大概怕娇弱的女性禁不起风浪，把我们赶到“闺阁集中营”，认定我们只能、只会写庭园花草、厨房油烟、客厅摆设、亲情伦常；他们写的才是“大历史”，动不动就是“自‘五四’以来最惊心动魄的”“挖掘深埋在历史灰烬下的大时代悲歌”“直指宇宙核心、生命真谛”……男性写的是“大历史”，女性写的叫“小家常”，文学史当然是男性掌权的历史。“雌雄同体”是初出茅庐、什么都不是的“女作家”最好的自我保护机制，而抽烟，情非得已，为了反制那些臭男生。

她睁大眼睛很感兴趣。

“你去过应该知道，我们办公室通风不好，夏天开冷气更密闭，那几个男生无论坐着看稿、站着谈话都在抽烟，我没地方逃，被熏得快变成腊肉。气不过，豁出去了，他们抽烟，我也来一根伸手牌，要熏大家一起熏！”

我的“玉石俱焚”论调引发她的谈兴，学界里的女性处境隐藏在父家长式的师徒关系里，更有剪不断、理还乱的情状。她也积了一缸苦水，趁机倾吐。是以，我们一聊，常聊得面红耳赤，有因英雄所见略同而面泛红光的，也有因成长背景迥异而起了无伤大雅的小争执的。

那年代既年轻又放肆，一切事物仿佛刚出生，谁也不必“鸟”谁。

让我想想，那时候的样子。

二十世纪八十年代中期，金石堂书店甫在汀州路开张，引起瞩目，诚品还没诞生，大型连锁书店网络尚未主宰台北的书籍通路与销售排行榜，出版界的黄金时光还存天空闪耀——某出版社推出套书大热卖，全套三十多册，一上市热销一万套，员工戏称印书如印钞票；结算给某武侠小说作家的销售报表必须用水果纸箱装。大报仍握有决定一个作家、一本书崛起或陨落的生杀权威；而杂志，杂志长得像一口小皮箱，锣鼓喧天庆祝创办继而行走天涯的有之，走不到大街即瘫软在地，连用来垫脚都没人要的有之。二十世纪八十年代的社会头痛欲裂——长期忍气吞声所蓄积的能量即将爆破，“解严”意味着把思想的自由还给每一颗脑袋，若用“精神层面的核爆”来形容八十年代中后期的台湾社会活力应不为过。

在那之前，我今日回想，台北的艺文丰采雨露均沾地分散在通衢大街与曲折小巷内。明星咖啡馆是上一辈作家的恋恋驿站，到了我辈，因着城市新兴行政区之发展，风格独特的咖啡店与茶艺馆四处分布，常带来惊喜。店中必然有一位谈吐不凡的老板，除了卖咖啡还布置收藏区以飨同好，喜欢跟熟客话家常、交换人生冒险经验，不在乎你耗了大半天只点一杯咖啡、免费喝了两千毫升白开水还非常方便地使用厕所，说着说着还送来自制小饼干。当年还没有禁烟观念，在店内做采访录像的、谈合作的、约书稿的、写稿的、交换职场情报的、骂男朋友的，口沫横飞，乐音悠扬伴着烟雾弥漫。这些熟客几乎把店内当作自己书房或是办公室的延伸，老板有时需充当接线生，请某人到柜台接电话谈公务。这些地带像不受社会轮胎碾压、不擅长计算损益的肥沃三角洲，位于川流尽头，前方是无际瀚海，背后乃广袤陆地，冲积扇上野生芒丛处处飘扬，各色水鸟飞起、降落，自由觅食、嬉戏或认真地决斗。

没有网络与手机，只有信件（明信片、印刷品、平信、限时、挂号）、报纸、书籍与杂志，手工式生活走到最后一抹霞影的年代，我们活在其中，趾高气扬而且信心满满，未能预知二十世纪结束之前，科技文明将以鲸吞方式把我们这一代所依赖的生活模式与情感生态吃干抹净，以至于往后在任何季节、去任何一条曾经被我们踏疼的街巷、背熟的门牌，看到的，都像新的一样。

像失散多年的

温柔乡的第一夜非常不温柔。清晨，在似喊着“不痛不痛”的鸟声中醒来，肩关节僵得像被泥水工巩固了。我被她的文字渗透，竟也做起怪梦。梦中有棵芬芳的桂花树，枝桠间藏了一只奇丑无比的鳄鱼。梦要说什么？美好里藏着丑陋，或是暗示我想要处理这些札记必须先从屠杀一只“鳄鱼”开始。

札记上有一段文字引我追忆：

茑萝爬上黑铁栅，开三朵五角尖的小红花。送我种子的人断了音信。安静的七月布着暴风雨，因为茑萝开了红花，我以为暴风雨也不过是替安静说几句话而已。

我记起那茑萝。

我认识她的时候，她住在新店山上一处以花园命名的别墅社区，远离尘嚣，房屋依山而建，处处绿荫，虫鸣鸟叫不绝于耳。

我第一次去她家实在要拜一场非常虚假的艺文“大拜拜”之赐，那天她也去了。

先说这些看似热闹实则不乏胡闹的艺文活动，有时还能目睹怪现状。会场当然是衣香鬓影，贵宾云集，江湖上各路人马都齐了。然后，递名片、介绍，叽叽喳喳：“这是台湾非常重要的小说家。”“这是台湾很有名的女作家。”“呜，好热，什么鬼地方，唉，小姐，你们没开冷气啊！”“怎么有油漆味儿，你闻到没？我最讨厌这种味道。”“裙摆太长了，刚去德国买的，还没时间改呢。”“台湾最畅销的减肥书是我写的，我跟你讲，我三个月减十九公斤！”“真的啊？”“不骗你，不过，要照我的方式减，胃一定要好，空腹嘛，胃不好不行。嘿嘿嘿，后来又增回来了。”叽叽喳喳。“好，嘿，大家往门口移，我们照几张相。”“杨先生，你瘦了，不过还是美男子！”“杨先生，杨先生，你们杂志什么时候做我的专辑呀？”叽叽喳喳。减肥、美貌、衣服配件、名气、销售量、八卦、斗争、情欲、命理，偶尔来点政治，像恰恰舞步掺一段阿哥哥。如果，伍尔夫在座，就算没有精神疾病也会从窗户跳出去。

果然，在另一个颁奖典礼场合，这种忘情地叽叽喳喳的样子，惹恼了一位身上有历史灰尘的太后等级的大人物。她以贵宾身份应邀致辞，演讲内容太严肃，时间超过十五分钟——对一向目中无人的作家而言，安静听讲（或听训）的忍耐度是三分钟，可想见，那波浪似的叽叽喳喳声差不多可以掀屋顶了。太后忍无可忍，在台上发飙："后面的，不要讲话，请你们安静好不好！"我是得奖人之一，坐相端正，穿大礼服还戴花呢！可是内心像五岁小孩翻筋斗般开心。果然，全场立刻鸦雀无声，但这安静只维持了三十秒。

回到"大拜拜"，我是人在江湖不得不去，倒是她，想必是推不掉才来。那种场合一向是公关人才大展戏剧性身手的时候，依然是衣香鬓影，贵宾云集，银铃般叫唤声或是失散五十年相见才有的惊叫："哎呀好久不见，我们拥抱一下吧！"抱了这个也要抱那个，抱了小的也要抱老的，抱了顺眼的人自然也要抱不顺眼的人。我豁出去了，喝了四杯鸡尾酒，故作优雅地到处寒暄：恭喜出新书、您得奖是实至名归啊、别在意那篇评论他根本没读懂您的作品，交换名片、交换情报、引见、赞美、一两句轻松的幽默话、拉稿、被邀稿、问候师母、代为问候某某、代我们总编辑问候您，他特别交代要我向您致意（其实他没交代，他最厌恶这种场合，背后还批评人家的作品，但做属下的必须代他修补人际关系免得他太快把人得罪光了）。所以，不知不觉喝了四杯。我熟练这种优雅的酒会礼仪已到了撑不下去的地步，觉得非常累，更觉得自己很差劲。这时，她走过来，我仗着一点酒意没大没小地“亏”她：“你不乖乖锁在研究室写没人看得懂的论文，跑来这里看猴戏啊？”她笑了，学我：“你不乖乖锁在家里写文章跑来做什么？”我故做痴呆状，说：“好好的，我为什么要把自己‘锁’起来？”

两人都笑开，下一步，自然是双双离开，去了她家。

她的房子颇大，三房格局。客厅雅致，墙上字画是她母亲的作品，一张明式花梨木贵妃椅及大茶几混搭缇花布沙发，简约大方，除了到处是书与资料，收拾得还算干净，一踏进来立即感到清幽。一人份的清幽。

“吾庐小，在龙蛇影外，风雨声中。”她引辛弃疾《沁园春》句自谦。龙蛇指松树之姿，当时辛弃疾在江西上饶灵山松林间筑屋，故有此作。

“拜托，这算小啊？”我说。

主卧室改成书房，四壁皆书，有一面大窗，正对着几棵阿勃勒树，像三四个黄洋装少女站在路边叽叽喳喳，在未踏上命运旅路之前，当着晴空流云的面，分享闺中秘密。

从宽阔的前阳台望去，是未被遮蔽的天空及仿佛伸手可拔出笔筒树的山峦。远处有户邻居种了几株樱花，据说这儿是最佳赏花地点，隔邻种的九重葛荡来枝条，献出艳色花朵，像不时过来趴在窗台看她在不在的隔壁班同学。鸟声啁啾，鲜有人影，是一处可以偏安的个人小朝廷。阳台上置休闲式桌椅，想必常在此远眺。养了几盆兴旺的盆栽，一盆茑萝攀着栅栏正在长。料想她读书之余颇爱园艺，其中最大盆是蔷薇，欣欣向荣，尚未开花，仿佛一台自动打字机，聆听过量的暗夜独白，不得不打出满载的绿色语言。

有一间房，墙上挂着母亲照片，房内堆满从老家搬来的母亲与姐姐的箱笼。问她为何不清理，她说不知从何理起。我是看不惯杂乱的人，无法理解“不知从何理起”是什么意思。她随手打开爆满的衣橱拉出一件红色盘花绒布旗袍，说：“这怎么理？我三岁时妈妈穿这件衣服抱我，照全家福。”又抽出一幅水彩画，蔷薇写生，“妈妈一面画一面唱《五月里蔷薇处处开》”，说着，眼眶泛红。

那间房是她的家庭生活博物馆，老家缩影，漂泊者的童话屋。她把酷爱摄影、作画的妈妈留下的照片、画作与现实对象做了联结，建构已消逝的往日时光，仿佛一切仍在。我立刻理解，她只要躲到这里，等于像放学回家而下一秒钟妈妈会围着围裙从厨房出来问她饿不饿一样。

甜蜜的混乱是需要的，活在光影缭乱、分不清拥有还是失落的世界很辛苦，不必赶尽杀绝。

“你姐回来住过吗？”我问。

她摇头。姐姐在美国拿了学位后，顺理成章就业结婚生子，在异乡扎根扎得不错，台湾对她而言已浓缩成一年一次的支票与贺卡。

清明节前夕，她会寄信来，一张支票一张卡片，给她的短信吩咐买鲜花水果祭拜母亲，余款一份给她，一份包成红包留待父亲节、过年连同卡片带给父亲一家，做事非常有效率。信末必写“简单几句，后信再谈”，这几句后来变成我与她通联时的调笑用语。

“说不上来，好像很淡。”我想起她说的温开水比喻。

“分隔两地，也是没办法的事。我妈说过姐姐的命格会往外跑，生病时曾对她说：‘我好想看到你飞！’她一个人在国外奋斗，全靠自己扛下来，我爸像‘嫁’出去的不用说了，我什么忙也帮不上，她也蛮辛苦的。”

从此后，常在周末假日，她开车载我到她家吃饭，畅谈学术与文学发展。我记得曾告诉她，上“中国文学史”一年，对我影响最深的是萧子显《南齐书·文学传论》：“若无新变，不能代雄。”这八个字奠定了我的创作性格。除此之外，我们俩都喜欢电影，也都不喜欢跟一堆人挤在电影院看，因此看录像带是唯一选择。我们看了大部分的卓别林、小津安二郎与伯格曼。不看片的时候，听齐豫用雾中空谷的声音唱《你是我所有的回忆》。

到她家吃饭，下厨的当然是我，她是个除了做研究、写文章之外完全不谙家务的人——她母亲是老师兼能干的主妇，来不及将手艺传给她。可惜那宽敞、设备齐全的厨房大概只用来烧开水煮泡面——柜子里有一箱泡面。我做菜不会煮一两人的，至少是五人份起跳，总是摆满一桌。有一回炒米粉，炒一大锅，足够她冰存吃几天，她看我挥铲，说我很像她的一个善厨的朋友。又问，文友们知不知道我能做菜?

我说："千万不可，我们这一行有些人嘴巴又毒又刁，他吃你炒的菜时，会说：嗯，文章写得好，菜不见得烧得好；他看你的文章时，又会说：嗯，菜烧得好，文章不见得写得好。"

她不表赞同，说起善厨的老师们不仅不减地位崇隆，反而更添美事。

我说："学术与文坛是两个江湖，你们那里文明些，吵起架来，大概丢一两根粉笔就算是严重冲突了，我们这边不一样，多的是带箭的夜行人。你要是得罪人，背部中的箭，大概够你编成篱笆了。"

她笑个不停，说我太夸大，像在描述黑帮械斗。

"咳，夸大是作家的基本功，如果不能把一根羽毛说成一只鹅，还写什么小说啊！我们成天舞文弄墨，朝自己与敌人身上泼洒墨汁，也算是另类'黑帮'，大家都习惯了啦。"我说。

除了炒米粉、红烧肉，我还在她描述下做出这辈子第一道外省菜"蛋饺"——她说这是妈妈的拿手菜，外面餐厅没得吃。饭后，她洗碗。趁她去接电话，我干脆把炉台刷洗干净。她直说不好意思让我做粗活，我说："小事小事，谁叫我跟你的瓦斯炉这么投缘呢！你洗碗怎么跟绣花一样呢，你要是刘兰芝，不必动用七出之条，光洗碗太慢就可以把你休了！”

她知道我说的是《孔雀东南飞》典故，立刻念出：“孔雀东南飞，五里一徘徊。十三能织素，十四学裁衣。”还说，“你说对了，不过，她婆婆不是嫌她洗碗慢，是织布太慢。”

“兰芝的那个婆婆，根本是个头号虐待狂，心理变态，可以当选中国文学史上十大恶婆婆第一名，陆游的妈就是唐琬的婆婆排第二。刘兰芝寻死前要是拿菜刀把她婆婆给‘料理’了，说不定中国文学史会多出一章‘恐怖文学’，嘻嘻！”我说。

我们谈起这桩汉朝末年的家庭悲剧，好像谈办公室同事的，甚诡异。

“真不知道将来谁有福气吃你做的饭。”她语意暧昧。那时的我对婚姻是不屑的，觉得大好人生拿来当家庭主妇实在是糟蹋，回她说：“除非我上辈子踢破他们家饭锅！”证之婚后每天提供“豪华版简餐”的庖厨生涯，也许真有这条因果：我曾是土匪，连着两辈子踢破人家的饭锅加上毁了灶头，此生需供应三餐以赎罪。

去了几次，连隔壁邻居也算面熟了，看来是颇爱多管闲事的欧巴桑，有一次问我：“你是她妹妹哦？”

“嗯。”我敷衍。

“她有妹妹哦？”

“没有。”我实说。

“那你是她妹妹哦？”

“失散多年的妹妹。”我骗说。

这段无厘头对话让我们笑了很久。我说起有一次在餐厅听到一段对话。服务生端两盘餐，问隔壁桌：“小姐，你是猪肉是不是？”“对。”真是让人无从察觉的侮辱。她不改学究兴趣来一段语义的歧径分析，顺便贡献一则笑话。

我记得是这样的。

有个政商亨通的奶奶级大人物，也是虔诚的基督徒，虔诚到连上帝也拿她没辙。问题出在，中国文字的创始爷们蹲在地上擒着石头寻思图形且一面反手拍打叮咬臀部的蚊虫时，上帝根本没在现场逗留，也不可能教这群刚刚戒掉茹毛饮血坏习惯的中国人写字，可是，奶奶斩钉截铁地说，上帝“托梦”告诉她，中国文字是上帝造的！

“你们瞧瞧，你们瞧瞧！”奶奶站在讲台上，对着一群妇女会成员上课，她们表情凝肃，不是因为听到上帝的声音，相反地，是刚刚受到精神上的重创。

“这个‘斧’啊……”奶奶伸出颤巍巍的手写板书，力道可真足呢。

“上面是‘父’，下面是‘斤’，它意思呢，天父告诉我们，祭坛上的膏油，一次用一斤就够了，不要多过一斤，不要少过一斤……”

“‘爷’这个字你懂吧，你——不——懂我告诉你（这句反话，意思是：我告诉你，你这兔崽子压根儿没懂过！），你们大声说，‘爷’

这个字怎么写呀？唉，上面是‘父’，下面呢‘耶’[1]，天父跟主耶稣基督，现在懂了吧！”奶奶以锐利的眼光扫视每一张“蠢脸”，朝黑板槽用力丢粉笔，重重地说，“你们会——感——谢——我！”

奶奶那时候的表情庄严肃穆、威风凛凛，好似上帝是她奶大的。上帝不记得的事儿，奶妈全记得。

奶奶往来皆是政商名流，常有机会至国外做亲善访问并宣扬中国文化。奶奶穿着高雅的中国旗袍，常常成为宴会中备受礼遇的人，老人家又很爱国，于是在不谈政治却又必须巧妙宣扬悠久文化传统的欢谈里，奶奶再度以她文字学造诣吸引外国友人的注意，她以流畅的英文解释中国文字与基督教的悠久关系。

“伞”，一个大的“人”，底下一个大的“十字架”，左边两个人，右边两个人[2]，意思指：主耶稣为四种人背起十字架，白种人、黑种人、黄种人、红种人。

碧眼黄髯的贵宾们欣喜若狂，掌声雷动。几天后，他们特地定做一方铸有“伞”字的铜牌赠给奶奶，上面有一行华丽的颂词：“上帝透过你，降临中国。”像诺贝尔文学奖公布时，瑞典皇家学院的赞词。

我记得我们笑出眼泪后不约而同问对方，文字学老师要是听到《中国文字里的基督福音》不知会作何反应？

(1) 此处指“爷”的繁体字“爺”。——编注
(2) 此处指“伞”的繁体字“傘”。——编注

“不是抱头痛哭，就是抱头痛笑。不过，说不定从符号学角度看，是个有趣的研究题目。”她说。

于今回想，那些家常小菜的滋味、鬼扯闲聊的笑声、放肆的对话方式，应该是她的屋子最像个家的时候。

我，竟在不知情的情况下，给了她海市蜃楼般的家常生活。

冰河感觉

当我写下第一个字，我听到电壶煮水的声音及外头的狗吠。冬天寒冷的气流对我的骨头不友善。总是冷，被埋在冰河底下几百年的感觉。我是一个沉默的幽灵，从冰封的河床里发现一副女人的身体，敲击的碎冰在阳光闪烁中仿佛匕首。我抖了抖这副捡来的躯体，她的身上完全看不出活过的痕迹了，没有生命的喜悦，没有死亡的恐惧。然而，我对她开始产生不可思议的亲密感，不单因为她是我看到的第一个人，或许，永无边际的冰雪在阳光中发亮也带来启发吧。我渴望成为她，去通过她已经通过的故事，去阅读她已经阅读的悲哀。我住进她的遗骸，有了可以支配的手脚，第一次发现自己可以使用喉咙发出声音是这么美好的事，然后，才发现人在面对美好事物时的第一个反应是流泪。我决定到传说中的人间去旅行，不会有人看穿我原本是一个幽灵，毕竟，我已经学会流泪了。

然而，当我坐在昏黄的灯光下开始记述旅行的经历时，任何一个站在我背后的神或厉鬼都知道，此时此刻，我多么向往甜蜜的死亡，回到我的原乡，在熟悉的冰河床上躺下来，对着纯洁的阳光说：啊，终于回来了，这一趟旅行真是疲倦！

死亡，每一个人畏惧它、诅咒它，那是因为他们眷恋生命中多多少少获得的快乐与幸福，他们想尽办法要停留在欢愉的时光中永远不走。如果，我的旅程中也有快乐与幸福，说不定对死亡的向往不会那么强烈，然而我怀疑，因为，人不管如何努力去抗拒，他仍然是人；而原本不是人的，不管如何认真学习，他永远无法变成人。我后悔当时没有深思幽灵的世界与人的世界毕竟不同，我更后悔在进入人的世界后，又太早发现这项真理。那时候，他们称呼我“孩子”，孩子就是童年的意思。

这些年来，我尚未完完整整地信任过任何一个人，他们擅长使用语言互相欺蒙，像没有受过教养的野蛮人闯入艺术家的殿堂高声喧哗，要求一块面包；他们狼吞虎咽着道德、声名、利禄，甚至爱情，他们毫不掩饰兽欲，而这些，在幽灵的世界里是看不到的，我们会花一辈子去朗诵一首完美无瑕的情诗，不会同时与数个幽灵交欢。爱，如空气般清洁的，在人的世界竟污浊不堪。

我不想逼问自己，为什么躲藏在这本小册子里倾诉这一切？沉静的冬夜雨声初歇，玫瑰花茶在玻璃杯里沉淀成数种深浅的枯褐色。这一手布置的家处处有我的影子，偏爱的、收藏的，它们像忠实的仆人守候我，时光在我身上雕刻履痕，也在它们身上留下变化。然而，有时，我却不能置信自己与这个家的关系是不是真实。我永远无法拂去客舍借宿的漂泊感，不仅对这个家，对人、对事件，甚至对生命，我好像随时准备离去，无须对任何人告别。

称之为幽灵生涯也不为过了，如果要陈述理由，应该是严重缺乏爱的缘故吧！

不要说出他的名字

大约是第三次到她家，我忍不住问："学姐，问你一个私密问题，如果不想答我就闭嘴。"

"你说。"她张大眼睛含着笑，很感兴趣我这张乌鸦嘴会问什么私密问题。

"你家明明没男人，为什么门口鞋柜有两双男人鞋？"

她听了大笑，反问我："你怎么知道没男人？"

我不太明白她怎么这么乐，但事实很明显，我说："第一，你是一个很孤僻的人，不像能过正常生活的，除非他是《聊斋》里的鬼；第二，盥洗室只有一把牙刷一条毛巾，除非他不必刷牙洗脸；第三，没有刮胡刀，除非他跟张大千一样蓄胡；第四，你的床只有一个枕头，床上半边是书，除非他睡地板上。如果是这样，那他真的是个鬼！”

她掩着笑，随手扔来一个抱枕，给了评语：“学妹，你很贼！”

她解释那两双是父亲的旧鞋，要她摆在门口“欺敌”，免得闲杂人等知道这户只住单身女子起了歹念。

我那时还有吞云吐雾的坏习惯，她虽叫我戒掉却也包容地允许我在阳台一吐胸中块垒。我提议把烟盒、打火机留在鞋柜上，那就更像里面住了一对偶尔需要大声嚷几句的莽夫悍妻了。

“《聊斋》里的鬼”，胡说八道的玩笑话中，这句话被她标记下来，写在札记上。当然，这是我现在才知道的。

正因为这一番笑闹，话题荡到男人身上。防卫性意味流露在不经意的小动作：抿嘴、斜睨的眼神、双臂交叉，仿佛警力已部署于路口。我一向不做土匪，何必硬生生抢别人的私密感受？我记得我像蚱蜢一样跳开，话是这么开始的：“要当你的护花使者，必须先‘退敌’，情敌太多了，还好学术界书生手无缚鸡之力，派一个保镖去处理就够了。还要是商场成功人士，因为你住这么大房子明明就是贪图享受、爱慕虚荣之辈。他必须常出国或是坐牢也可以，因为你很孤僻，不能忍受天天履行同居义务。这些加起来，唯一符合条件的是……”

我说了一个刚上社会版新闻的暴发户名字。

她笑到直不起腰来，好像从来没人让她这么开心。就在半真半假、似笑闹又正经的气氛中，她问了关于我的流言，文坛与学界一向不缺小道八卦，我诚实地做了澄清，我也提了关于她的传闻，她默默地摇着头，意思是另有其人。忽然，出现一段令人尴尬的空白，像结冰的路面，我们同时停住脚步。但路前方不远处有一棵瑟缩的桃花，再往前走，我知道我能看出开了几分。

轻轻叹口气，我说："不要说出他的名字，如果有一天，我能从你的眼神、言谈、诗读出他是谁，表示我懂得你们的爱情。"

也许，因为这番话，我成为她愿意信任的人。

不断地向你倾吐

不断向你倾吐一名女子的某些感触。我不知道“你”是谁，你的面貌与声音，你是男或女?

所以，我开始想象你存在于哪一处时空。

你是我所有幻化的本源吗?不管我以何种面目、身份在哪一个世代历劫而来，你都跟随我通过百次千回生之轮转，陪我品尝世间滋味。你只是静默地在我的上空观看我的故事，察知我的心事，甚至记录我的意念。你知道我如何寻思在世间成为一个尊贵的人，想挣脱人的诸般苦厄，成为一个自由自在的灵魂。而这洁净的灵魂，总是渴望与你相会，如洁净的河流向往洁净之海。

你知道我从孤独中走出来，回头看看往日那些生死攸关的故事，那一张张在故事中掠过的脸，我的心中没有怨恨、责怪或愤懑。啊，人世，我只有悲悯与宽恕。当我悲悯，那些美好故事因我的喜悦而得到喜悦的结论，自行静静地消散，永不再追随我而轮回；当我宽恕，那些坏故事亦因我的宽恕而得到平安的结论，我说无罪，他们便无罪，我说祝福，他们便在祝福的意念中平安地消散，永不再追随我而轮回。

你知道的，不管我做什么、居于何处、以什么样的装扮与言语跟人交往，我早已没有念头要从别人身上夺取什么——不管是世间法里的名分、地位或资助，或是情感上一个责任、一句诺言、一次相会、一份关心；也没有念头认为别人亏欠我什么。“先释放自己，才能释放所有人”，我永远记得梦中的这句话。时间带来故事与奇异人物，我便欢心地迎接故事；时间带走故事，我亦欢心相送。故事的过程远比结局重要，谁能判断人生路上什么是好故事、什么叫坏故事？在过程中喜悦，就算结局生离死别，亦有绵密的怀念与祝福，这故事便是好；若过程充满喋喋不休的争执，就算厮守，也是噩梦缠身，这故事便不算好。“亲解其缚，赐以酒食，厚礼相赠。”释放所有人，在故事尚未开始之前。

你知道，我向往大自在。前半生持绳自缚，自缚缚人，才知混浊的心乃因自陷于是非颠倒梦想，把虚幻的人生当作恒真来看。当绳索一条条解去，故事一桩桩消散，人物一个个宽宥，我才知道逍遥令人流出喜悦的泪。因喜而相会，因喜而布施，因喜而割舍，因喜而于心中为之祈福。虚幻人生随它虚幻吧，逍遥的人远离是非颠倒梦想。

住世而不沾黏于世，承苦而不怨怼于苦，迎接喜悦而不执着于喜。我的人生还剩什么，只剩一桩文学心愿而已。

文学心愿。文学令我痴狂，仿佛是永恒恋人。所以，我接着想象“你”是另一个我，在不同的世代中轮回。你是唐朝时的我、宋朝时的我，还是更早的楚辞时代的我？你仍然悠游于那个时代，虽肉身已朽，灵魂依然留恋。我想你一定是个文人雅士，于丝竹管弦、诗词歌赋中陶然忘我的人。你于寒夜大雪中，与知己煮酒高歌过。你于春园灿灿中，折一枝带泪牡丹，差童仆远赠伊人。你必定也曾夜半得梦惊起，披衣坐在洒遍月光的书斋，研墨，以蝇头小楷写下梦中得诗一首，佳节遥思某君。你在野渡的雾夜里，静静听过舟中传来哀伤的短笛。你在高朋满座的宴会后，说“归时休放烛花红，待踏马蹄清夜月”。那么，你必然曾经轻衣单骑，追寻晴花、雨树，聆赏松涛与风中路人之歌。杨柳堤岸，像一团绿雾，你系马，独自躺在绿茵上，感受日影拂脸、野雀啼春。你听说十里芰荷，如九天玄宫的三千佳丽出水，便马不停蹄下江南。你在山湖高崖中放纵，在诗歌中放纵，你揽臂欲拥一切世间之美入怀，你把诗情系在绽放的梅树上，要在绝美的风华中死去。

我想象你曾经这么度过诗歌人生，所以肉身已朽，而魂灵恒常悠游。

因此，当我翻开古典诗词，便不可遏抑地沉醉其中，如阅前生。我知道是你的灵魂透过我的肉身之眼，再一次回到汉唐盛世。如果不是你在我体内咏叹，我该如何解释，从未去过烟雨江南的我何以能够凭一首古诗而坠入江南风情不能自拔。那种奇异的联系，使我几乎相信我对文学的热爱是你的延续，在汉朝时的你的延续，唐朝时的你的延续。是故，我无法向任何人倾诉，孤独的夜里，吟诵唐诗而泫然垂泪。那种感动仿佛身与心回到当时当地当景当情，而那诗是出自我手。无法与他人分享，在时光轮转的缝隙里，现世的我与前生的你因一首诗、一阕词而交会的神秘感动。

因此我相信，文学与艺术的大殿中，历历在目，都是人的前生。唐朝的街市、车马已不可寻，而唐时的华美生命，依然滚滚卷江而来，唤起今日之我的隔世痴恋。多么深的相思病啊！

在冬雨的早晨，我在案前坐了四个小时追忆。雨落在蔷薇上，落在远处含苞樱树上，也落在隔邻捎来的紫红色九重葛上。我追忆远古时代的你，并且相信，你也曾在你的时代想象过我，在潇潇夜雨的芭蕉窗下，写下最好的诗，对虚空说：留给百千年后的我读。

那么，我是否也可以臆想未来的我，今日所写的两句，当作与百千年后的我交会的信物。

雨流转着。生命流转着。我流转着。

寻一处静心的所在

倾吐的声音在我的脑海深处回荡。

风很大，早上开始刮，不知什么意思，像狂怒的将军，偏偏从云层透出的阳光非常静好，是特地赶来安抚的一道御旨，就看谁服了谁!

认床令我不能安眠，晨起，只觉得脑袋像只炖锅，走起路来有黏稠液体晃动，似一锅没炖熟的牛肉。若睡得饱足，一下床是轻灵的，像从高山冷杉林吹来一阵干净芬芳的风。

我决定出门，带着所有札记，去寻一处静心的所在。

坐上开往苏澳的火车，无目的地，车票买到终点站，我可以在宜兰、罗东、冬山、苏澳几个大站选择停靠。最后，还是在最熟悉的罗东下车。

罗东，噶玛兰语“猴子”的意思。无目的时请跟随猴子，它会带你去迷路，去一个令你茫然到忘记苦恼的地方。我的脑中蹿出这一丝念头，好似在批评自己的无稽。

去超市买了咖啡，朝罗东林场，如今叫林业文化园区走。阳光被风吹散，阴着的天适合散步。

这个在课本出现过的太平山木材集散地，曾是桧木等珍贵木材的驿站。幼年多次随阿嬷走过，嗅得到空气中浓郁的树香，那香必定悄悄地改变我的性情，自己却全然不知。少女时期离乡，每次回家在罗东站下车，行经林场，闻到那股忽隐忽现的香味，既欢喜又伤感，有了回家的感觉。我深深迷恋也情愿迷失在那香氛里，曾购得纯粹的桧木精油，洒于寝具总能安魂。

说树香不精确，应是森林体味，来自众神聚议之殿，一道和谐律令。那香令我感到完美的和谐，万事万物皆有最佳归属，各安其分，畅然运行。

园区内一处空旷地，置放巨大的漂流原木，未走近即能闻到如清溪般奔流的樟、桧香味，不禁恭敬抚摸遍体鳞伤的树身，俯身嗅闻香味，如游子如恋侣如知音。游人不多，宜乎慢步悠行。环湖的栈木小道颇具古意，安安静静让林荫、铁轨、原木说它们的历史故事。原先用来贮存木材的水池扩成辽阔的湖泊，生态丰饶，鹭鸶、雁鸭与水鸡或高歌或低吟，各诵其族歌，回飞、停栖在茂盛的水生植物上或老龄树枝之间。

找到一个不受干扰的所在，二十年来第一次静心读完她的文字，他们的故事。如烟往事，被奇异的风吹回来，记忆里错综复杂的事件与札记文字印证，渐次明朗。我竟在他们苦楚的现场逗留过，只是当时不知。

风吹过树林，叶声窸窣。仿佛有人在风中低语，“爱”字太重了。

“爱”字太重，如砍伐运来的高山原桧，我怎有能力凿出一池深泓、召唤水鸟，让它浮起来让它欢歌？

爱情，是我在这世上唯一懂得的事情

两情相悦的情愫如何萌生？

是容貌姣好、体态翩跹引人流连，或是言谈有味、笑语盈耳如饮醇醪？是带蜜的声音熨帖了心、飘香的气味勾住了魂？还是衣着宝饰、车驾宅邸所暗示的物质仓廪叫人放心？是才高学广、思想深博能另辟桃花源，从此俪影双双走进落英缤纷的梦土？是性情与性格圆融可亲，有他在，茅茨土屋也能变成夜莺与云雀乐于筑巢的庭园？是品格澡雪，不染市侩庸俗，让人“高山仰止，景行行止”？还是理想文身、一腔热血洒遍四方，叫人崇拜，甘愿与他同生共死？或者，不必多费唇舌，人生无非是海市蜃楼，管他是谁，色身缠交如此欢快，不必啰唆，一把干柴烈火烧得魔鬼死去神仙活来。

到底，两情相悦的情愫是怎么萌生的？

所以，爱从眼睛，触及内心，
因为，眼睛是心的斥候。
于是眼睛四处侦察，
那能让内心喜悦去拥有的事物。
而当它们一致和谐
且心意坚决时，
完美的爱便诞生了。[1]

眼睛，眯着如虎，睁着似鹰，闭着像骏马，眼睛替什么样的心站岗？是一颗“只取一瓢饮”不贪的心，还是三心二意，既要容貌体态又渴求才华盖世兼备物质丰饶？五色令人目盲，那站哨的眼睛可靠吗？瞽者少了眼睛做斥候，是否就不动心？若瞽者亦能滋生情愫，靠的显然不是眼睛。爱情使人盲目，盲目的亦非眼睛，是被关在情天幻海，那进不去出不来、求生不得求死不能的心！

追求你所爱而他不爱你，是否胜过接受他爱你而你不爱他之人？哪一种离幸福较近？追求你所爱，而他始终不能爱你，你的爱终究

(1) 参自约瑟夫·坎贝尔《神话的力量》，引居伊罗特·德·博内尔（Guiraut de Borneilh）之诗。

会变成他眼中弃之不足惜的敝屣。接受他人爱你而你始终无法爱他，你迟早会把他的爱给糟蹋了。

“情投意合才是爱神国度的法律与正义。”说这句话的是年轻俊逸的希腊悲剧诗人阿伽松。柏拉图《会饮篇》中，他是这么说的：“爱神所能承受的任何东西都不需要借助暴力，暴力根本无法触及爱神，爱神也不需要用暴力去激发爱情。”

如果，两情不能相悦，却有一方苦苦地给，那给的一方要的可能不是爱，是善于自苦的囚徒，关在爱的牢笼里才品尝得到的、与众不同的悲哀。爱的苦行者，悟的是梦幻泡影还是有情人终成眷属？

若是梦幻泡影，梦醒时，惊觉年华荒废、情伤心碎，该如何康复？如何才能鼓起勇气，再次走向爱的旅途？若终成眷属，是否从此如胶似漆，只有甜没有苦？还是犹如强摘的果实，六分涩三分苦一分是咀嚼之后留在舌尖淡淡的甜？一生就换这一丝甜。

爱神是谁，在何处驻扎？他是善聆听的慈祥老神，还是温柔的年轻暴君？他是勤劳的编织工，叫该相逢的速速相逢，还是爱恶作剧的顽童，在恋侣背上，一个贴薄情符，一个施深情咒，他收集情人的眼泪，解渴？

阿弗洛狄忒（Aphrodite），希腊神话爱神（相当于罗马时期之维纳斯），她的身世传说分歧，一说沾了逆伦之血：最古老的天神乌拉诺斯被儿子所弑，其生殖器被掷入大海，这不朽的顽劣之物竟能单独幻化，自海底升起珍珠般沸腾的泡沫，从中诞生绝美女神阿弗洛狄忒。她曾在“金苹果事件”中，让年轻的裁判帕里斯心慑于她的美丽，于赫拉、雅典娜与她之间，选择她是“最美的女神”应获得金苹果。而她应允帕里斯将得到世间最美丽女子的爱情，这承诺应验了，帕里斯与斯巴达王后海伦私奔，遂导致“特洛伊战争”。爱神的袍服里藏着刀剑，赐福与降祸乃一刀两面。

此言不假，若考核爱神的“罗曼史”，这位从男性情欲欢海诞生的神祇，其爱情故事充满嫉妒、不驯、背叛、征服、掳获之戏码。传说宙斯追求她不得，一怒将她嫁给丑陋且残疾的火神。阿弗洛狄忒的字典里没有忠贞，相反地，有的是炽热到足以焚毁任何一道道德阻拦的情欲，而她也擅长激起他人激越的欲望。奥林匹斯山上，处处天雷勾动地火，她周旋于多位男神之间悠游欢畅，导致四处追捕她的火神丈夫，需打造一张金网才能网住正在床上寻欢的妻子与妻子的情人。即使如此，连战神阿瑞斯（Ares）也无法抵挡爱神那神奇的魅力，情场如战场，善战的他追求阿弗洛狄忒，生下多位子女，其中一子名爱洛斯（Eros），其罗马名字即是叫人爱恨交加的小爱神丘比特（Cupid）。这小顽童身上流着母亲的欲火与父亲的战火，合理推测必是喜怒无常，暴躁且过动。平日，背着一筒金箭与铅箭四处野游，只有黑帮老大与军人世家才给孩子玩这么危险的玩具，又不教他射御之道，据说被他的金箭射中，将得到爱情，被铅箭射中则失去爱情。至于决定射哪一支箭，似乎全凭这小孩一时高兴。

箭，确实较能美化爱情征战留下的伤口——情伤若是大面积血肉模糊，未免吓人。在印度，爱神是一位高大、活力充沛的年轻人，同样地，手上握一张弓、一筒箭，箭的作用有二：一是“打开心房”，一是“促死之苦”——叫人爱得死去活来。不同文化，对爱神的想象却如此相似。可见爱情虽是古老的情愫，爱神却是年纪的敌人，他是诸神中最年轻的，从不看老年人一眼。不管金箭、铅箭，表示爱情固然甜美，瘀伤难免。即使被金箭射中，也会留下可能发炎的小伤口。

沾着逆伦之血而诞生的阿弗洛狄忒，暗示着爱情征途的第一场战役跟父权有关。原本成长即内含逐渐从原生家庭脱壳而出，为了爱情，情急之下有可能拉扯过当，因而父女决裂、母子反目。其次，爱神与战神结缡，亦非吉兆。有情人结成眷属，聘金内夹一条引信，嫁妆里埋一枚地雷。

相较之下，中国文化里的月下老人显得和蔼可亲，他身上没带武器，能通过任何一道严格的安检闸门。长得红光满面，一把白胡飘飘然，左手拿《姻缘簿》，右手拄着拐杖。除了担心他有三高隐忧危及健康之外，这样的外貌与配备立即令人如见地位崇高的家族长老——父权中的父权，顿生敬畏与顺服之心。

月老传说出自唐朝，唐人小说记述一名少年（一说孩童）韦固，遇到一位老人倚着行囊而坐，凑着月光翻书，韦固问他那是什么书，答曰，“天下之婚牍”，即《姻缘簿》。又问那行囊里一捆捆的红绳做啥用的，答以：“以系夫妻之足，虽仇家异域，此绳一系，终不可避。”自此，主管男婚女配的婚姻之神定案了，称“月下老人”或“月老”，他连名字都没有，一只装红绳的行囊及一本《姻缘簿》成了最显著的象征。

他的形象像极了奉公守法的公务员，常年出差在外，一簿一绳行走天涯，系住佛前祈求要当一世夫妻的苦命鸳鸯，也绑住仇家——想必月老得动用一点法力让他（或她）仆倒在地抽了脚筋，方能牢牢绑住逃过三世、今生必须结案以免造成婚姻呆账毁了年终考绩的“前世冤家”。这些婚姻通缉犯中，情节重大的有个特征，想要享受婚姻里每日一泊三食的福利，却不愿受束缚。简言之，把婚姻当成免费收留街友的五星级旅馆。如果当事两人想法一致，旁人无须置喙，就怕一人动了凡念，月老不得不追捕。

多年前，曾听闻两个年轻人举行盛大婚筵，后来离了婚，把双方父母气出心脏病叫救护车。乍听，觉得父母们未免太僵化，离婚又不是天塌下来的事，再听下去，连我都变脸，因为小两口从结婚到离婚，只有七天。我们参加旅行团到欧洲旅游，跟陌生人同食共宿的时间都比这长。合理推测，这种婚姻儿戏的案例，若不是月老老眼昏花绑错人赶紧更正，就是他拿错绳子：出差在外便当吃太多了，他又跟我一样惜物，把圈便当盒的橡皮筋留起来，执行公务时一阵扭打，一手按住仆倒在地抽了筋的“逃婚歹徒”，一手摸绳子，就这么拿橡皮筋圈逃犯的脚。他成全了姻缘，大概也因执行不力积下不少业务过失——玉皇大帝只要随便问户政事务所的小姐就知道了。

我这样批评对他老人家刻薄了点儿，应该赶紧收回，毕竟他当年对我有恩，以年度清仓的速度替我拉了绳子（要是台北市被“苏迪罗”台风吹倒的树能这么快扶正就好了），我才有机会在婚姻里锻炼牛马精神。也许，月老的业务内容只管姻缘一线牵，不包含婚姻圆满与否，所以红绳是否变成脚镣，与他无关。那么，问题来了：未婚男女求姻缘，可以到台北“霞海城隍庙”，备金纸、铅钱（闽南语“铅”“缘”同音，有铅喻有缘）、红线、喜糖，礼拜月下老人，求他早日系姻缘。家中有幼儿的，台南“开隆宫”供奉“七娘妈”，即包含织女在内的七仙女，可护佑孩童健康长大。唯独求婚姻能永浴爱河、白首偕老，不知拜何方神圣？由此可见，众神知晓世间乱源泰半出自婚姻，清官难断家务事，众神也不想听落落长的、斑斓鸳鸯变成秃头番鸭的卧房恩仇录、倚门屠猪记，所以没一个神愿意承接婚姻这颗“大巨蛋”——拆也不是，不拆也不是，拆会被骂，不拆也会挨骂。民间虽有“和合二仙”主婚姻美满之说，但似乎不够普遍。婚姻，有的夫妻从破晓相遇接着就是一辈子灿烂天光、春暖花开；有的相识于黄昏彩霞时分，接着要过一辈子暗无天日，直到其中一人死了，才算等到黎明。

相较于西方爱神阿弗洛狄忒崇尚个人主体自由，斩断桎梏，冲破樊篱，展开对爱情、情欲的华丽冒险，中国文化里的爱神“月下老人”则彰显“家庭／家族”价值。前者只管爱情，后者绑住婚姻。爱情一向不必理会道德锁链，所以她可以因不喜欢火神丈夫而红杏出墙。而婚姻需肩负家族传承使命，是以必须绑手绑脚放弃个人自由，若有冲突，“此绳一系，终不可避”，一切归诸命中注定。有例可证，韦固对月下老人绳系夫妻之说，不以为然。老人指着远处一户人家，说：“看到没有？那个卖菜妇有个三岁女儿，十四年后就是你老婆。”多年后，韦固重返旧地，见那女孩长得甚平庸，竟派人行刺。怎料到数年后大婚之日，见妻子额头发际有块小疤，一比对，就是菜贩女儿。果然印证“此绳一系，终不可避”。这故事言下之意：既然“自古姻缘天定，不由人力谋求”，“三从四德”“逆来顺受”的制服交给女性去穿——即使你知道丈夫曾派人要了结你，心里凉了半截，你还是得不计前嫌，致力于贤妻良母之伟业。对男性而言，“天注定”的意思是，无论美丑贫富贤不肖都要概括承受，该娶进门的就娶了吧！不能明媒正娶的，姻缘簿内有桃花补充条款，自己量力而为。无论如何，男性的福利较优。

家，宝盖头下一只猪。猪，指人丁兴旺、财宝满仓，不是指配偶（很不幸，对某些人而言是）。成家，是另一种形式的畜牧业，夫妻得胼手胝足养肥那头猪，是以，婚姻里有大半时间需清理猪粪。

然而，盱衡今之时势，两性平权教育扎根成功，个我主体自由蔚为风潮，七八年级世代的婚姻观看在三四年级世代眼中，没有一条不符合“七出之条”。有例为证，以前的媳妇一嫁进门，“三日入厨下，洗手作羹汤，未谙姑食性，先遣小姑尝”。现在版本，媳妇对婆婆说：“妈，我最近比较虚，你帮我炖鸡汤，油要记得撇掉。”即使如此，三四年级世代的公公、婆婆还是很感恩的，因为人家愿意嫁进来已经很难得了。

明白月老的业务内容主婚姻不采计爱情之后，拜月老者最好先选填志愿，想清楚，求的是第一志愿腾云驾雾的爱情，第二志愿有实无名的夫妻生活，第三志愿有名无实的法律地位，或是名实相符的第四志愿“白首偕老”？若想进第四志愿资优班，求能令家族繁茂和乐、三代欣然发展的世间神仙眷属，恐怕得先练一练臂膀负荷力。须知资优班学生每日伏案勤读十六小时，而神仙大多是凡人累死才变成的。走捷径也可以，要担风险，“钱多事少离家近，睡觉睡到自然醒”的工作除了“抢劫”没第二条路；符合“父母双亡，汽车楼房”优渥条件的结婚对象，长得像金城武的可能性非常大，但他名列市政府重阳节礼金发放对象的可能性更“不是普通的大”。

然而，天注定是什么意思？

传说七星娘娘每年将未婚男女造册，交由月老媒合，他凭的是哪一部法哪一条规？最轻便的懒人包解释法即是推给前世。设想，茫茫渺渺某朝某代，“日出东南隅，照我秦氏楼。秦氏有好女，自名为罗敷”。日光灿烂的春天，你挽着篮子到郊野采桑，一阵马嘶，遇到路过此地的使君，中意于你巧笑倩兮美目盼兮，下马问路，更为你的谈吐心醉，遂大胆致情。你答以：“使君自有妇，罗敷自有夫。”遂惝恍作别而频频回眸，埋下两情相悦的种子。自此历劫几回，终于在今生让月老发现花样年华的你有这么一颗情种尚未萌发，翻查名册，那位使君正好也在台湾，刚当完兵觅得一份好工作，月老取红绳一系，两人沿河堤骑脚踏车，下车问路，路旁有一棵兴奋的桑树，见证了萍水相逢亦有天作之合。

又设想：你爱上你那青梅竹马的表妹，婚后，两人如胶似漆，诗词唱和、琴棋做伴，羡煞天上神仙。但你那严厉的母亲冷眼看着，咬着的牙森森然地长尖了，怕耽误你的功名前程，以死逼你写下休书，把她遣回娘家，此后各自婚嫁。你难忘旧情，从此悒郁不欢。某日，在繁花盛放的园子里巧遇，你与她相对无言。酒入愁肠，你写下：“红酥手，黄縢酒。满城春色宫墙柳。东风恶。欢情薄。一怀愁绪，几年离索……”这一段鸳鸯劫痛入内心深处改变了灵魂的颜色。你与她各自轮回皆存恐婚之心，不婚不娶，孑然一身。来到今生，月老看到名册上的你带着与生俱来的沧桑，有一股叫人发颤的情怨，仔细盘查旧档，翻出这一桩苦命鸳鸯冤案。再清查未婚人口，没找到你表妹，央七星娘娘清查未成年名册，终于找到。巧的是，当年你那个虎妈现在是她妈，后来潜心向佛，已变得既明理又慈爱且热衷当媒婆。小妹妹念小学三年级，差你二十岁，此时正在补习班补作文，文笔依然不错。原本月老受制于“注生娘娘”业务法规，不替年龄差距太大的人牵线，这回说什么都要破例，提早把绳子系在你俩脚上。但考虑你得等她长大以免触法，只好派你谈几次让体力变得越来越差、文笔练得越来越利的烂桃花恋爱。命定的那一天终于来了，你站上讲台开始授课，从后门溜进来一个迟到女生，待她坐定，一抬头，四目相遇，你忽忆及“伤心桥下春波绿，曾是惊鸿照影来”诗句，竟有想哭的感觉……

再设想：生逢乱世，连年兵燹，四处弥漫着浓臭，因为“积尸草木腥，流血川原丹”。你长于贫家，兄长皆在战场，长嫂将你嫁给邻村一位敦厚老实的年轻农夫。岂料成婚之日接获兵书，需次日启程赴战场。“嫁女与征夫，不如弃路旁。结发为妻子，席不暖君床。暮婚晨告别，无乃太匆忙。”此去经年，杳无音信。你耕种持家，侍奉公婆，养老送终，无怨无悔。从犹有笑容的豆蔻青春变成沉默的霜发老妇，不解事的村童还以为你生来喑哑。某日，盛夏雷雨之中，你死于避雨的工寮。四野滂沱，只有一条狗替你哀叫几声。不远处田间小庙里的土地公，眼睁睁看尽你这一生是尘埃里的尘埃，粪土中的粪土，特地跟月老关照说：“老哥，这个好女人你得看我面子费点心，她耕种的那块地收了她一辈子汗泪，都咸出盐了。”几度流转来到现在，月老终于替你找到那位敦厚老实、尚未开始即告结束的丈夫再续前缘。他是个台商，两岸奔波，事业有成。无论跑得多远，绝不拈花惹草。多少美女，对他一见钟情再见献身三见当什么都甘心，他不动就是不动，跟石头一样。一有假期，立即奔回家，最爱吃太太做的家常菜，饭后一起河堤散步，一夜说话到天亮，“今宵剩把银釭照，犹恐相逢是梦中”。舍不得睡觉。周遭都不解，你长得不过身材健全容貌清楚而已，怎拴得住一个高富帅的天涯海角人？此乃旁人有所不知，婚姻里也有累世带来的一诺千金、两字道义啊！

什么是天注定？被看好的姻缘果然成功，被一致看衰的婚姻竟然也功德圆满，无可解，归之于天注定——前世故事未完，此生须续。是以，红绳子系的是缘分，两人能否合力用这条有缘之绳绑妥婚姻，不能单靠缘分，端看有无将缘分升级为本分，尽了本分才有福分。婚姻里有愚公移山、精卫填海的剧情，需靠两个苦力相互扶持。若有人不甘愿，这婚姻就地掩埋，也就结案了。春天不会因世上多一对恩爱夫妻而多开一天花，冬天也不会因世上多一对拆散怨偶而少下半日雨。

然而，神都不犯错吗？有天赐良缘，难道没有错配冤案？被看衰的姻缘果然过得了端午过不了中元普度，被一致看好的门当户对、才子佳人，竟败得鸡在飞狗在跳，无可解，归之于月老错配——据统计，二〇一三年男女宝宝“菜市场名”冠军是三百六十七个宥翔、三百零四个语彤。试想到了适婚年龄，哪个宥翔配哪个语彤？叫饱受白内障之苦的月老怎能不出错？所以善意提醒礼拜月老者，贡品中加一副放大镜，请他看清楚再绑。因为配错了的绳子似手铐脚镣，拆解不易，对某类人而言，那绳子等同帮他结扎，离过一次婚，再也不敢碰，看到“囍”字像看到鬼，吃喜饼就泻肚。至于在婚姻道场几进几出连户政小姐都忍不住以关爱眼神多看几眼的，亦悬疑无可解，略加推测二三：《鸳鸯谱》之外另有一本《斗鹅冤》，乃小鬼们收拢漏网名单用来练习配对，所用之绳材质不佳，一扯即断。或是，婚姻赛事亦有跃升大联盟、下放小联盟调节之法，予猛将机会，给伤兵休养。更或者，七星娘娘的工读生抄写不慎，造册时墨汁过浓，两页粘成一张，以至于明明是桧柏之材成了无用樗栎，进了灶口，烧得别人温暖自己凄凉。

配错的，能否拨乱反正？再也没有比莎士比亚《仲夏夜之梦》、冯梦龙《乔太守乱点鸳鸯谱》更混乱的婚配，最后皆大欢喜。拆散一对怨偶成就两对佳偶，果然是美事，带给水深火热之人希望。但希望常常是春日彩蝶，飞不过冰封现实。裂解的婚姻，不是修“拖”字就是修“舍”字，到底陷身泥塘与无情人作殊死战较好，还是应当挥一挥衣袖不带走一片云彩（或一笔财产）换得余生耳根清净、五湖四海自在？无解。有人偏好日日纠缠，有人甘愿一刀两断，从此遗忘。神犯的错，需靠人自己修复。

既然会犯错，这月老还要拜吗？要拜，要拜。担心少子化日益严重的官员必定点头如捣蒜。网络上有心人整理出全台十大月老庙以飨善男信女，除了月老本尊坐镇，另敦请妈祖、西藏爱情如意佛、女娲娘娘助阵，卡司坚强，俨然是一门月老经济学。其用意是，莫寄希望于一神，多拜多保佑。倘若有志之士巡回礼拜一圈，姻缘依然如如不动，无计可施之际另辟突破性做法。现今世风，若有不服之事，动辄抗议黑箱、占领官署、高喊下台，不知若对月老采取此等激烈手段，能不能达成目的？“暴力根本无法触及爱神”，阿伽松的话再次响起。想必古今中外皆然，爱神超越一切，不受威胁。人神之间，应该理性沟通，沟通无效，自行吞下“认命”二字。

认了命，化小爱为大爱。毕竟，不欠一段情、不欠一份粮，成不了家庭。粮，不单指物质，更是承担对方现实总体的一份决心。而所谓承担，必然内含了牺牲。独身与婚姻，如弗罗斯特诗所言，“两条路在黄树林里岔开”，标示的是选择，不是福泽。对第一次走进黄树林的人而言，两条都是新路，不管看起来覆满落叶还是足迹清晰，皆无法保证路况平坦。一条平凡的婚姻路或独身小径，被才德兼备的性情中人走成风景，添了世间佳话，即是人生成就。爱情，若不是带我们找到婚姻（或等同婚姻般忠诚的同性伴侣），就是找到金碧辉煌的自己。管它缘起缘灭谁主沉浮，管它桃花正果谁种谁收，婚与不婚，皆通往幸福。

“爱情，是我在这世上唯一懂得的事情。”两千四百多年前苏格拉底说，用来描述爱情国度里痴迷癫狂的子民，也很贴切。他认为爱情是对善与美的欲望，“爱的行为就是孕育美，既在身体中，又在灵魂中。”爱，就是对不朽的企盼。

不过，雄辩滔滔论述爱情的大哲学家，其学问与择偶能力似乎不成正比，其妻赞西佩女士已成为“悍妇”代名词。苏格拉底不知做了什么事惹她不高兴，咆哮一番之后，直接端起脸盆朝他泼水。这行为已构成家暴。

“打雷之后，通常会下雨。”苏格拉底自我解嘲。换了衣服，又出去找人辩论哲学问题。辩完了仍然回家吃晚饭，丝毫不受“天气”影响。

“唉……”我望着窗外树影拂动，发呆三分钟。

“爱情，是我在这世上唯一懂得的事情。”我怎么看都觉得苏格拉底这句话还没讲完，想了想，往下应该再添七个字：

只是常常看错人。

我为你洒下月光

火车向东部奔驰。

那温柔秘密深藏在我的心底，
永远孤寂，永远见不到光明；
你的心呼唤，我心潮才会涌起，
一阵战栗，复归于原先的寂静。

她看着窗外风景，想着拜伦的诗。秋天的光芒洒在群山与平原之上，深绿树林间已有早发的枫红。岁月惊心？不，是心让岁月吃惊，怎么绕了一大圈路，还是觉得这个人值得天地好好把他珍惜。

他一身黑衣等在验票出口，黄昏彩霞烘托着他，须发皆乱，神情惨然。她第一眼就想哭，几年不见，脑海里留的是以前的模样，见不得眼前的他这么憔悴。

他问车行顺利否，帮她提袋子——中秋节已近，她买了各色月饼及几本稍可纾闷的书送他。

他说：“找个地方坐吧。”

“我是不是应该先到府上向伯父上香。”

“不用，你给我上香就好。”

“你乱说什么话呀！”她掉泪了，怎么可以说这种话？若不是在人潮中，她真的要大喊，因为这话让她联结到失去母亲的那种锥心之痛。

“唉！”

两人停住脚步，你看我，我看你，人群从他们中间穿梭。他自知失言，苦笑，不想多说家中事，这些都不重要。此刻像坠落深渊底，都明白不能共死还要活下去，只能鼓起力气，你救我，我救你。

“你陪我吃点东西，我今天还没吃。”

“昨天呢？”

他没讲话，想必饮食都乱了。

一碗清淡热面，正好安抚心事重重的这两人。都不讲话，也不抬头看吵闹的电视，不看对方，专心吃面，仿佛萍水相逢的陌生人共享一桌，各自把可恨的、可恶的、可笑的、可悯的世间事都吃光了，再来重新认识。

她问老人家后事，他提到父亲在病榻上受洗，最后一段路走得安详。

“你自己呢？身体还好吗？”她问，又自行替他答，“当然不太好。”

这让他笑起来，怎有人这样自问自答的？刚才脸上绷紧的线条松了，仿佛返回熟悉的往日，与欢喜的人置身校园。

他说有些免疫方面的遗传必须小心控管，当年服兵役时曾发作所以才提早退伍。除此外，眼睛过度负荷，常感到吃重，反复发炎。

“来，我看看。”

他摘下眼镜让她看。

“你太拼了，一定是睡眠不足。”又说，“这么近看你的眼睛好怪，里面一点灵魂都没有。”

他绽出笑容，仿佛被她念几句是愉快的事，自嘲：“灵魂早用光了，现在有眼无珠，变成行尸走肉。”

她第一个反应是嗔怪：你确实有眼无珠；第二是心疼：又乱讲话，你的主不会让你变成行尸走肉的。但话到嘴边，刹住，今晚实在不想提“遗珠之憾”或是“主”。改问平日吃什么过活。

原来跟她一样，都窝在研究室乱吃，都有胃疾。他说这样拼命很功利不知道意义在哪里，觉得自己会短命，她说她才会短命而且本来就不想活太久。

“我们连这个也要争吗？”他说。

“对，争到底，不是你死我活就是我死你活。”

他笑得开怀，因为看到她在胡闹。他未曾看过她耍赖胡闹的样子，觉得轻松起来。

“你学会炒米粉了没？”

她说：“唉，怎么可能，我哪有‘你的她’那么能干！”忽想及往事，说，“有个人说话不算话，说要炒给我吃，也没有。你都在骗我！”

他忽地沉了脸，表情肃然：“我没有骗你……”情绪涌上，竟沉重得说不下去。

她察觉了，说：“我不是……这个意思，我不是说你骗我，我知道一切都是……真的。”

一切都是真的。只是掉进迷宫再也找不到对方。

“那温柔秘密深藏在我的心底”，虽然内心深处有个情结散成丝丝缕缕浮出来，但此时不是软弱的时候，她不想让这个哀恸的人再次掉落谷底，问：“这里吵得耳朵痛，除了你家稻田，哪里可以安安静静说话？最好一个人都没有，有鬼没关系，反正我们两个差不多也是鬼样子。”

算是把他逗开了：“有个地方没人也没鬼，不过，更吵。”

他开车带她去海边。

夜还年轻，靛蓝薄纱一般，远处仍有一抹灰蓝，早月已升空，辽阔的沙岸连绵得无穷无尽，潮涨浪高，啸声惊人。

“大江东去，浪淘尽，千古风流人物。”她默想，知我者苏东坡也！“惊涛裂岸，乱石崩云”，高妙处在“裂”字、“崩”字，唉，人哪有力气去阻挡那“裂”字、“崩”字！

走一段沙滩，听海浪呼唤、拍岸。他说好久没到海边，在离岛当兵留下后遗症，看到海会怕。当时在小岛上，读狄兰·托马斯的诗，最喜欢《蕨山》其中两句：“岁月伴我青青和死亡，虽我吟哦如海洋。”

她抱怨：“从我们见面到现在，你提了三次死亡。你再讲，我回去了。我才不要跟你死在一起，被‘教官’发现会记大过！”

“好，不讲不讲，改说活得好开心、好快乐。”

两人都笑开。他不记得有多少年没听过“教官”这两字，没说过“好开心、好快乐”这样幼稚的话，瞬间像躲过教官偷偷去约会的高中生，跌入奇妙的梦游之境。她用几句话，替他卸下身上铁枷。

这是秋天的海了，想起他为她描述过秋天的海面，那么漂亮的字迹，那么丰沛多情的文采，那么动人的心灵。

如今，写信的人就在身边，一切却已成追忆。

“啊，我懂李商隐的《锦瑟》诗了，‘锦瑟无端五十弦，一弦一柱思华年。庄生晓梦迷蝴蝶，望帝春心托杜鹃。沧海月明珠有泪，蓝田日暖玉生烟。此情可待成追忆，只是当时已惘然’，这是商隐的‘隐伤’之作，一生情爱的惆怅，不必单指一人一情，指的是自己的生命基调与情爱体质，终究逃脱不了惘然的结局。”

他一字一字清楚地问：“我们怎么会走到这一步？”

她心里一惊，暗想：你怎么问我？难道走到这一步不是你要的吗？难道你忘了信上怎么写的吗？把我赶出来的不是你吗？

不能回首，俱往矣，丝丝缕缕的情结都散去吧，想问的都不需问了，轻声一叹，有所领悟：

“我们常说没碰到对的人，会不会是，没碰到对的自己？你还没碰到对的你，我还没碰到对的我。所以，即使碰到对的人，也不能成就。”

他静静听她讲。

“如果你勇敢一点、宽阔一点，如果我别那么骄傲、没那么害怕……”

“你害怕什么？”

“怕无法调教，没有能力给你及你的家人幸福，没有机会实现自己的梦想，最后像我妈一样一辈子忧郁，怕没有上主的恩泽能跟你共负一轭……”

“我的现实担子很沉重，你的才华应该被看见，不忍心把你拉进来，怕拖累你。”

“她很好，对你‘全心全意’。”

“我很‘感激’她。”

他正面且肯定地说起群，“感激”二字是一百两黄金的价值，她确信他们将会有稳固的婚姻，稳固婚姻里该有的小风小雨，恒久忍耐又有恩慈。

这个想法让她流泪，但没有酸涩了。

找一处视野宽阔的平坦沙地，坐下。月将圆，光芒柔美，一颗颗星子闪亮。这是生命中难得的有良人陪伴的良夜。

他说：“快中秋节了，你的生日也快到，先祝你生日快乐。”

她忽然起了算总账的念头：“你从来没有送我花。”

“没有吗？有送你种子。”

“不一样。种子是种子，花是花。种子是未知，花是眼前当下，是已知。”

他大笑：“原来你在意这个！”

“在意又怎样，不在意又怎样？”

换她豁出去了，口若悬河，清算他：

“你从来没有一个清二个楚、三个明四个白、五个肯六个定，告诉我你心里怎么想。你只会每年记得我的生日，祝我生日快乐。我生来这世界，毫无快乐可言。再说一遍，毫无快乐可言。你每年记得，反倒像你在快乐，你又不是我妈，也不知在乐什么！”

说完一大串，自己掩嘴笑了，怎像个泼妇在骂街呢！又补一句：

“唉，这样说你不公平，我也从来没有一个清二个楚、三个明四个白、五个肯六个定，告诉你我心里怎么想。”

两人都笑起来，笑着的人无法生气，笑完只有轻轻一叹。叹息中仍有不舍的况味，好似：坐在身边的这个人这么美，是唯一能够与自己在心灵深处共鸣的，却是别人家的，天亮前必须还回去。啊，良夜啊良夜，别太匆忙。

他问：“如果有个人天天送你花，你就跟他跑了吗？”

“不会。”

“那不就结了，送花没用。”

“那得看什么人送我什么花！有没有用要我来决定不是你决定。”

“嘿，有人好像在生气……”他笑着，“如果我现在送花给你，有用吗？”

“没用。而且海边哪来的花？请你睁大眼睛看清楚，只有浪花，这是空话，你也学会说空话啦！”

他貌似被骂得很高兴：“那不就结了，我送花也没用。”

“我们的‘送花时机’，过了。”

她想起，那茑萝确实开了花，但这是她呵护得来的，能算吗？他在外岛时，曾经为她描述过水仙花，也写过小雏菊与山芙蓉，这算不算送过花？如果每个字算一朵花，他送给她的算不算一整个春天的量？

“我们那时候怎么没像现在吵架？”他笑着问，像个高中生。

“我们好笨，连怎么吵架都不会。”

“是啊，我看到你高兴都来不及，有讲不完的话，怎么会吵架？”这是真话。

“所以呀，缺少练习，第一次吵就裂了。也许冥冥之中知道时间宝贵，舍不得拿来吵架。分手以后，天不怕地不怕，反而可以吵架。”

“你说‘分手’，听起来让我很难受……”

“……”

她沉默，心想：“执子之手，与子偕老”是中国古典里最美的牵手诗；而《上邪》：“上邪！我欲与君相知，长命无绝衰。山无陵，江水为竭，冬雷震震，夏雨雪，天地合，乃敢与君绝。”是最惊心动魄的山盟海誓。我与你，有的只是一场纸上的心醉情迷，毕竟人间里无半点缘分。

“好奇怪，我们好像都在晚上见面。”她说。

“你是我的黑夜。”

“那么，我只好当月亮，为你洒下月光。”她轻声说。

他看着她，犹似当年，眼睛望进她的眼眸深处：“希望我这一生，至少有一天要完完整整属于你。”

这是仅存的最后一小片波德莱尔成分的私语，她完全清楚，这个善男子现在对她没有任何防卫，把心交出来，她此刻要风有风，要雨有雨。

但她说："帮我留着吧，哪一天我开口，你再给我。"

"你不会开口。"他说。

"我爱惜你，也同样爱惜我自己。有些事情，'不去得'比'得到'更珍贵。活在世上，难免有遗憾，留一点惆怅给老的时候回味，也很好。如果我们无视于阻碍走入家庭，说不定一切的一切，破的破、碎的碎，最后变成仇人。我不要把你变成仇人，也不要你想到我只有恨，我不要你一小时、一天，我要你一生……平平安安。"

这就是结论了。

我要你一生。

平平安安。

第四章 烟波蓝

给少女与梦

我们已各自就位，在自己的天涯种植幸福；

曾经失去的被找回，残破的获得补偿。

时间，会一寸寸地把凡人的身躯烘成枯草色，

但我们望向远方的眼睛内，那抹因梦想的力量而持续荡漾的烟波蓝将永远存在。

海洋在我体内骚动，以纯情少女的姿态。

那姿态从忸怩渐渐转为固执，不准备跟任何人妥协，仿佛从地心边界向上速冲的一股势力，野蛮地粉碎古老的珊瑚礁聚落，驱赶繁殖中之鲸群，向上蹿升，再蹿升，欲掴天空的脸。却在冲破海平

面时忽然回身向广袤的四方散去，骄纵地将自己掼向瘦骨嶙峋的砾岸。浪，因而有哭泣的声音。

我闭眼，感受海洋在胸臆之间喧腾，那澎湃的力量让我紧闭双唇不敢张口，只要一丝缝，我感觉我会吐出一万朵蓝色桔梗，在庸俗的世间上。

暮秋之夜，坐在地板上读你的字，凉意从脚趾缝升起。空气中穿插细沙般的摩挲声，像两片大洋跋涉万里后在耳鬓厮磨。我被吸引，倾听，又不像了，倒像三五只蓝色小蜻蜓互搓薄翅。于是，那声音遂自行搭配油绿的山峦印象、呜咽小溪、柔软阳光及果实甜味，悠悠然在我的想象里漫游。我忽然想喝一点红酒，这原本寻常的夜因你的字而丰饶、繁丽起来，适于以酒句读。

你的信寄到旧址，经三个月才由旧邻托转，路途曲折。你大约对这信不抱太多希望，首句写着：“不知道你会不会看到这封信，你太常给别人废弃的地址。”

废了的，又何止一块门牌。

你一定记得，出了从北投开往新北投的单厢小火车，只有两条路可走：一条是油腻腻的大街，大多数学生走这儿到学校，路较短但人车熙攘，活生生是一条食物大道。捏饭团的胖妇永远捧着她的木桶杵在火车站出口，烙烧饼的外省老爹在第一个红绿灯边，蒸馒头的南部老板在大转弯处，加上摊葱油饼的、开面馆的、卖豆浆的，沿路招呼永远睡不够的高中生。走这条路是酷刑，让人错觉青春身躯是一尾远洋鲜鱼，路两旁皆是磨刀霍霍的大厨，等着削你的肉做生鱼片。

另一条是山路，铺了柏油，迂回爬升之后通往半山腰的学校后门，人虽少但多了一倍脚程。我们愿意走这儿。清早的山峦是潮湿的绿色，远近笼着晨雾，自成一场凄迷氛围，好像在这路上弄丢的东西将永远找不回。空气比市区薄了些，但随着季节不同飘浮各种野地花草的香气，山素英、木樨、七里香或是不知从哪里荡出的混合草味。跟着路走的，是山溪，经年搂着大小岩石洗浴，水声忽缓忽急，耸立的岩块背面被洗出青苔，仿佛这也是一种爱的方式，只要勤劳地爱下去，终会被记忆。鸟，总有几只，不时跃至路面，或莫名地跳换枝桠，惊动了亘古不移的宁谧，却也扩大了寂静的版图。

离山路几步之遥有一幢废屋，你也一定记得。从柏油小路岔入庭院的石径被野草嚼得只剩几口，废得日月皆断，恩义俱绝。站在路上，面朝废屋，可以清楚地追踪在它之后山峦起伏的弧线。虽属低海拔暖湿矮山，看起来也有一份壮势。你或许同意，台湾的山峦藏有繁复的人世兴味，构成山色的相思树、笔筒树、麻竹、梧桐、菅芒……只要有些岁数，那山看起来就有一份苍茫，好像见多了沧海桑田，尝尽了炎凉世情之后，有点累，想要坐下来，捶一捶膝头，顺道原谅几个名字，想念几个人，因而那苍茫是带着微笑的。单独一屋，靠着这样的山，不免也有漂泊的性格。

约略记得院墙一侧站着一群相思树，应是从山脚斜坡延伸而来未遭屋主砍伐的，既然续了山势，树自是高大蓊郁，然而那种绿有着时间的铁锈味，以至于树群看久了，也有伤兵面目。

院墙另侧，爬满复杂的蔓藤与野地植物，通泉草、蟛蜞菊、藿香蓟，间杂郊野常见的软枝黄蝉、紫花槭叶牵牛。再怎样的乱世，都有人可以手脸干净地过日子，那些花开得缤纷，像随手倒贴在鼠灰色墓域的一张“春”字。院门是两扇矮木栅，斑驳的蓝漆接近惨白，门都脱臼了，有一扇被野蔓缠住，刺了一身花花绿绿的七情六欲。

那宽阔的院庭留给我忧伤印象，像渴爱的冤魂积在那儿，等人喊他们的名字。因有说不出口的苦，以致终年瘀着散下去的冷。掩在乱草杂木之后的，是日式木造屋，被时间蛀得只剩半副骨架。屋顶塌去大半，几根交错的木头上勉强扣着黑瓦，像十几只集体自尽的乌鸦尸体。四壁已面目模糊，然而朝向院庭处却兀自站着半面墙，想必是地震、强台风没带走的。墙中间嵌一扇窗棂，髹成酒红色，在雨水中浸久了，呕出败坏气息，似毫无商量余地的幻灭。墙后，在那原应是清雅闲适、有娟秀女子与她的夫婿坐在明式桌椅上品茗谈心的客厅位置，姑婆芋大手大脚地开着，肢体横陈，几乎要吃掉那墙。从未看过喜阴湿的植物像它那样，开得有狗吠声。

就这么僵在那里，仿佛没人理会也可以跟自己天荒地老。有时，觉得这荒园静得接近失忆，时而又有一两阵微风吹过，树群咳出几声蝉。

这废屋适宜养鬼，或收留我们那埋在青春身躯里的忧郁眼睛。

我相信你不会忘记它，在全校美术比赛中，你以此为题材，摘下写生组第一名。

原本报名参赛的我，那日却放弃了，独自躲在操场边榕树荫，读《恶之花》。风，闲闲地吹动书页以及齐耳的头发。大屯山的天空总有几朵闲云，在淡水河口与山城之间回旋。我凝视遥远的山棱，仿佛看见你背着画架到那儿，一个人静静地参悟废屋的意义。我们从未谈过对荒芜庭园的感觉，但我确信自己对同质者有一份灵犀，如揽镜自照，知道你与我一样，灵魂常在那儿栖息。颓废、幻灭绝对具有蛊惑力，煽动每一个现世体制亟欲将之推向光明轨道的青涩灵魂。我一度认为颓废里含有高度的忠诚，而幻灭，无疑是一种痛快的自虐，不屑与笑眯眯的世俗体制多费唇舌，遂转过头去，不言不语，调自己的酒，把生命调成只有自己才喝得出来的具有甜酒味的死亡。

获奖作品在图书馆展出。我们念的那所学校一向缺乏像样的升学率，但在音乐、美术方面却有沛然成绩。你的画在同时展示的条幅书法、水彩中是那么特殊，仿佛成熟大人与唱儿歌的小孩同台。我十分惊讶你出手大胆，选用靛蓝色系语言铺排废园的神秘、衰颓与汩汩渗出的森冷气息。蓝，是难以驾驭的一支色裔，像色彩中的游牧民族，自由隐没于晴空、沙丘、草原、瀚海与深渊之间，在它们身上，既看得到死亡的荫谷，也反映出稚儿无邪的蓝瞳。但你并未耽溺在蓝色系的魅影里，亦细腻地掌握草花的喧闹，给它们轻得像烟的蜜黄、薄紫色层，仿佛雨后新晴，花叶上光影玓瓅，有一种浮升的活泼感，晃动画面，使它不致因墨绿、暗蓝的大块吞吐而产生压迫与坠落。你让秋阳在那扇苍老的红窗棂上游移，几近抚慰，遂有苏醒的暗示。你的画让人停下脚步，思绪澄净，静静聆听色彩与光影的对话而让思维渐次获得转折、攀越。你题为“时间”。

时间，让盟誓过的情爱灰飞烟灭，也让颤抖的小草花拥有它自己的笑。你的画如是叙述：

不久，我们将沉入冷冷的幽暗里，

别矣！我们夏日太短的强光！

我已听到悲伤碰撞的落地声，

响亮的木头落在庭院石板上。

我抄下波特莱尔的诗《秋歌》首段，趁老师回身写黑板时传纸条给你。我相信你从这张没头没脑的字条中可以理解，我不赞成你借轻盈的草花色彩、明亮的光影试图释放死亡的压迫力道。那时的我无疑地向往一种骄奢的毁灭，好像要天地俱焚才行。

从一开始，我们即是同等质地却色泽殊异的两个人。然而，不管我多老、离纯真岁月多远，我都愿意以欢愉的心情跨越时光门槛重回青春年代，再次欣赏你的亮度、暖泽以及很难在少女身上发现的优雅。即使是现在，行走于烟尘世间多年之后，我看到的大多是活得饥渴、狼狈的人，勤于把自己的怨怼削成尖牙利爪伺机抓破他人颜面的嫉世者，鲜有如你一般雍容大度。你笑起来真像好天气，白皙素净的脸上总是闪着光辉，似一种累世方能修得的智慧，完整地带到这世。你有一双修长的手，相较于娇小身量，那十根手指绝对是为了艺术而来。

你的眼睛里有海，烟波蓝，两颗黑瞳是害羞的，泅泳的小鲸。

起初，我并不欣赏你。正由于你太晴朗了，而我情愿把自己缩至孤傲地步，如一枚蚕茧化石，埋入永不见天日的冰原底层。因为同属瘦小，使我们毗邻而坐，这意味着交谈的机会比他人多；有时，一方忘了带课本更并桌同看。我总是不自觉地瞄向你的手，观察你无意间转换的手势，如驯睡的白鸽、高崖上等待为明月拨云的松枝，如款款而舞的水草，或五条岔路之迷宫。我揣测有着这般纤手的主人该配何种命运？浪迹天涯的钢琴师，拥有一亩私人苗圃的园艺家，习惯把皮尺绕在脖子上的服装设计师？这手会用一生的气力去抓住什么？最后又是谁握住了它？

如今想来，对你的好感是从嫉妒开始的。

我们遇到一位霸气但显然怀才不遇的美术老师，她决不允许美术课变成英、数老师用来补课、考试的公共时段，更以严厉的口吻批评那些叫学生回家画苹果、香蕉而上课时漫谈罗曼史或坐在讲台上打毛线的同侪。一辈子至少要画一张像样的画，她说。

石膏像素描、静物写生、户外练习捕捉光影，她玩真的。我们当中虽然不乏躲在画架后附耳聊天、爱馒头超过爱炭笔的，但也有如你我，期待每周一次到那间挂着红绒窗幔、画架环立的美术教室。

我以为我是最好的，直到素描课告一段落进入水彩阶段，她在画室中央高台上摆了瓶花要我们临摹，我才知道从小到大积存的绘画信心竟是那么不堪一击。

玫瑰、百合、向日葵搭配龟背芒叶，失序地插在青瓷阔腹瓶内。大约摆太久了，花垂叶败；多雨的冬季午后，光，垂垂老矣，眼睁睁看着艳丽花朵被时间凌虐而无法给出一点安慰。我一定在那间画室感应到生命中有一股恣意蹂躏灵魂，啮咬青春、梦想、情爱，把种种昂贵事物摔得粉碎的暴力，才有鬼魔之感，以致完全修改那瓶花的摆设，跳脱写生框架。我只画玫瑰，枯萎的玫瑰田一隅；仿佛被激怒般大量选用红、黑、褐，层层涂抹，砌出立体感，暗影笼罩下的红玫瑰，看来像一群醉酒骷髅。

画尚未完成，劣质画纸因承受过量颜色而起皱。她站在背后，我知道她已站了一会儿。我以为她会理解压在年轻胸膛上的苦闷而给予一两句暖语。但她似乎对我的“不守规定”恼火，以失去理智的尖锐声调批评：“你这是什么画？”然后，轻蔑地“哼”了一声。

她要我看看你的，她说你画得非常之好。

必须等到数年之后，有人发疯似的在大学社团活动中心一再播放唐·麦克林的*Vincent*，坐在窗边推敲一篇文章的我被音乐吸引、坠入记忆中大屯山城的“starry，starry night”而重新回到使我放弃绘画的那堂美术课，我才消弭余怨并且承认，那日是生命中险峻的大弯道，促使我毁弃那幅枯玫瑰的不是美术老师的讥讽，而是看到你的才华那般亮丽耀眼，遂自行折断画笔，以憾恨的手势。

遗憾像什么？像身上一颗小小的痣，只有自己才知道位置及浮现的过程。

青春是神秘且炽烈的，凡我们在那年岁起身追寻、衷心赞叹之事，皆会成为一生所珍藏。我终于知道画笔会是你的第十一只手指，你要去朝圣的地方，布有凡·高、塞尚足印。而我，约达一年之久将自己锁入孤绝冰冷的洞窟，日复一日提问生命意义而不可解。我的脸上一定充满敌意与抑郁，多年后你才会说当时的我看起来像莫迪利亚尼笔下的《蓝眼女人》。青春是这么难熬，尤其不知自己欲往何处的惨绿岁月，每一步都是茫茫然。就这么积压着，直到困惑夹杂愤怒如沸腾的泥浆即将封喉，我求援似的在纸上写下第一个句子，仿佛触到出口，接着第二个句子敲掉巨锁，理所当然第三个句子出现，将门踹开。

星空下，牧羊人指认他的羊，天地悠然而醒。

才华既是一种恩赐亦是魔咒，常要求以己身为炼炉，于熊熊烈焰中淬砺其锋芒。然而锻铸之后，江湖已是破败之江湖，知音不耐久候，流落他方。彼时，才赋反成手铐脚镣，遂无罪而一生飘零。

首先，你的家庭遭逢变故，一夜之间变成无家可归的人，接着是情变。毕业多年后，在一家咖啡馆享受下午茶时，同校女友一面用小银叉挑起蛋糕一面透露辗转听来的关于你的消息，我以为你的一生应该像姣好的容颜般风和日丽，至少，不应有那么多根鞭子，从四面八方折磨你。

她说，没有人知道你还画不画。这让我忧虑。当时，与你同期的美术社团社员已有数位崭露头角，以新锐之姿受到画坛瞩目。然而在我心目中，你是最亮的，命运可以欺负人，但才华骗不了人。我祈求你不要溃倒，一旦崩溃，人生这场棋局便全盘皆输。

活着，就要活到袒胸露背迎接万箭攒心，犹能举头对苍天一笑的境地。因为美，容不下一点狼狈，不允许掰一块尊严，只为了妥协。

人的一生大多以缺憾为主轴，在时光中延展、牵连而形成乱麻。常常，我们愈渴慕、企求之人事，愈不可得。在他人身上俯拾皆是的禀赋、智慧、美貌、真爱、家庭、财富、机运……对自己而言却像稀世珍宝不可求。年轻时，我们自以为有大气力与本领搜罗奇花异卉，饱经风霜后才懂得舍，专心护持自己院子里的树种，至于花团锦簇、莺啼燕啭，那是别人花园里的事，不必过问。

收到你寄来的结婚照，依稀是夏天刚过完时。摆脱一般婚纱摄影的俗套，你们选择南台湾礁石林立的海边为背景，架起三脚架自动拍摄。在一座高耸的黑岩上，你们完全颠覆新郎新娘的角色扮演；身着无袖及地白纱礼服的你，笑眯眯地抱起西装革履的新郎——他一手高举捧花，另一手惊险地勾住你的脖子，表情如即将坠海的幸福男人。约是清晨光线最柔美的时刻，在你们背后的海，蓝得如烟如雾。

照片背面，你说“终于有个家了”，一笔一画都抖着幸福。

当我们寻觅家，其实是追求恒久真爱，用以抵御变幻无常的人生，让个我生命的种子找到土壤，把根须长出来。情爱，是最美的炼狱，也最残酷。毕竟，两情相悦容易，与子偕老难。愿意将所有的情爱能量交予对方，相互承诺、践行的情偶，乃累世修得之福报。多数恋人，这生才相逢、相识，缠缚、嗔恨的课业正当开始，或虽积了一些，尚差一截痛、几行泪水，也就无法于今生成全。对带着宿世之爱来合符的两人而言，真爱无须学习，乃天生自然如水合水、似空应空。只有在炼狱中的人，才需耗费心神去熔铸、焊接，成形之后，还是一块冷铁。

冷铁无处丢，要用牙齿一口一口嚼烂，成灰成土了，才还你自由。

凡·高《星夜》明信片背面，你写着：巴黎的冬季冷得无情无义，但比伤心的婚姻还暖些。星夜，有着诡异的笔法，形成旋涡、潮骚，似不可违逆的力量，把人卷至高空，获得俯瞰的视界，但也从此囚禁在无边际的虚无之中。你淡淡下笔；生命里好多东西都废了，来这儿看能不能找回什么。冬天实在太冰，把颜料冻裂。

废了的，又何止一块门牌。

绕行半个地球，你回到画布前。才华禀赋果真是涵藏“孤寂之旅”与“圣美殿堂”的一则预言，必须不断被铁耙犁心，犁到见肉见骨，连十八层地底的孤独种子都露脸了，前往圣美之殿的地图才会浮现。这样苦苦地追寻有何意义？也许，对他人毫无价值，却是甘愿苦行者一生中最尊贵的一件事。这世间多的是庸俗之人、便宜之事，总要找一桩贵一点的吧！

你没留地址，想必是居所不定。巴黎，被称为艺术心灵的故乡，但我相信对一个娇弱的东方女子而言，现实比铜墙铁壁还重。唯一能给你热的，不是家人、朋友或前夫、情侣，是你自身对艺术的梦——从少女时代，你那闪动着烟波蓝的眼睛便痴痴凝睇的一个梦。

泅游于南极冰海的巨鲸，被捕杀之后，捕鲸人以尖长的剥鱼刀自头至尾剖开鲸体，清除内脏，再将鲸的尾翼绑在船头，航行时，让海水可以彻底冲洗它。即便如此，若航行时间太长，置身冰冷海水中的鲸，骨头也会因内部所产生的高热而焚烧起来。我想象，当异国风雪拍击赁居公寓的窗户，唯一能给你热的，只有梦。

数年，失去消息，无人知晓你在世界的哪一个角落。

生命的秋季就这么来了。白发暗夜潜入，悄悄鼓动黑发变色。起初还会愤愤地对镜扑灭，随后也懒了，天下本是黑白不分，又何况小小头颅。中年的好处是懂得清仓，扔戏服般将过期梦想、浮夸人事剔除，心甘情愿迁入自己的象牙小塔，把仅剩的梦孵出来。

浮世若不扰攘，恩恩怨怨就荡不开了。然而江湖终究是一场华丽泡影，生灭荣枯转眼即为他人遗忘。孵出来的一粒粒小梦，也不见得要运到市集求售，喊得力竭声嘶才算数。中年以后的领悟：知音就是熠熠星空中那看不见的牧神，知音往往只是自己。

忽然，暮秋时分，老邻居转来你的信。

是张画卡，打开后一边是法文写的画展消息，另一边是你的字迹。第一次个展，与老朋友分享喜悦，你写着。

是啊！时间过去了，梦留下来，老朋友也还在。

印在正面的那幅画令我心情激越。画面上，宝蓝、淡紫的桔梗花以自由、逍遥的姿态散布着、幽浮着，占去二分之一空间，你挥洒虚笔实线，游走于抽象与实相边缘。画面下半部，晕黄、月牙白的颜色回旋，如暴雪山坡，更似破晓时分微亮的天色。如此，桔梗之后幽黑深邃的背景暗示着星空，黎明将至，星子幻变成盛放的桔梗，纷纷然而来。

蓝，在你手上更丰富了。令我感动的是，这些年的辛苦并未消磨你的雍容与优雅，文学、艺术工作者一旦弄酸了，作品就有匠气。也许，你也学会山归山、水归水，现实与艺术分身经历。艺术难以改变现实，但在创作意志的导航下，现实常常壮大了艺术。

你留下地址。

无须回信了，我们已各自就位，在自己的天涯种植幸福；曾经失去的被找回，残破的获得补偿。时间，会一寸寸地把凡人的身躯烘成枯草色，但我们望向远方的眼睛内，那抹因梦想的力量而持续荡漾的烟波蓝将永远存在。

就这么望着吧，直到把浮世望成眼睫上的尘埃。

灰烬里的真爱密码

——我读《简·爱》

如果时间齿轮倒转，光阴逆流，我被迫必须重回中学时期，再次经历那段风雨凄苦、路途泥泞的少女岁月的话，当然我会搏命反抗，若抗议无效则谈判——必须发还当年助我渡过难关的一切配备，我才愿意启程。那么，光阴倒流旅途中，我随身携带的最重要行李是书，其中，有一本《简·爱》。

即使离首次阅读已数十年，我依然记得西洋名著中那三本带给我澎湃感受的爱情经典：小仲马《茶花女》、简·奥斯汀《傲慢与偏见》及夏洛蒂·勃朗特《简·爱》。在未被世俗污染的纯粹心眼中，这三个故事释放极大的情爱能量，其中，又以《简·爱》最能锻炼意志，激励困顿之心。

因为，这是一个孤女突围的成长故事，一个捍卫自我且勇于逐梦的女性故事，一个心灵契合共度灾厄的爱情故事，一个凭借自身力量终于获得命运理应给她所有补偿的奋斗故事。

相较于《茶花女》所揭示的阶级与悲剧、《傲慢与偏见》包含的性格与发现，我更珍惜《简·爱》所彰显的命运与补偿的主题。

一个名叫简·爱的孤女，集一切悲苦于一身，父母双亡、寄人篱下，饱受舅母轻视，表兄姐欺凌；她不止一无所有，连稍微可以改善处境的甜美外貌、温驯性情都缺乏。（女仆直言：“如果她是个又乖又漂亮的小孩，可能还有人会同情她的孤苦无依，可是像这么一只惹人嫌的小蟾蜍，不可能有人能够对她施与爱心的。”）作者塑造简·爱堪称心狠手辣，让十岁女孩承受超龄磨难。接着，舅母干脆送她到专收孤苦女孩的慈善学院，任其自生自灭。

是凤凰，不怕火燎；是晶钻，不畏刀磨。在那家饱受贫病威胁的学院历练八年之后，简·爱踏出追寻自我人生的第一步，她来到豪富之家桑菲尔德庄园担任家庭老师。

在这里，简·爱与长她近二十岁的桑菲尔德庄园主人罗切斯特先生展开一段惊心动魄的情爱试炼，历经悬疑、破坏、分离、绝望，终于有情人结成眷属。

阶级与年龄的差距，不是夏洛蒂·勃朗特要探讨的，她对爱情里的“复杂”深感兴趣，是以安排一个历尽情爱沧桑的中年男主角与一个毫无情爱经验的纯洁女子共同演绎高难度的“复杂”，看看寻找真爱与初恋两股力量会激迸出什么火花？是谁有本事御繁为简，终于保全刻骨铭心的爱？是谁能扭转看来不可逆的现实困难而开出一条生路？

这一切，显然以简·爱的性格为关键。

作者运笔出神入化，刻画人物细腻自然。她派下坎坷命运给简·爱，同时步步磨炼，突显简·爱刚强不可屈服的胆识与个性。譬如，当舅母违背舅父照顾孤女的遗愿，要送走十岁的简·爱时，她内心翻腾：“我一定要说出来，我一直受到残酷的践踏，如今非得反抗不可……”于是高声向舅母反击，数落她对她的凌虐。夏洛蒂描写简·爱呐喊之后“灵魂开始扩张、狂喜，带着一种前所未有的解放与胜利感，仿佛挣脱一道看不见的束缚，奋力爬进意想不到的自由之中”。这一刻画为简·爱的性格定调。于是，我们毫不惊讶，她进入孤女学校后遭遇的每一道难题都只是更加淬炼其坚毅不挠的意志而已。磨刀练剑之后，她踏进那幢被阴郁封锁的大宅邸，改变了罗切斯特的命运。

相较于简·爱身上的阳光力量，男主人翁罗切斯特则显得优柔寡断。他的外貌健壮，表情严肃、悒郁令人生畏，实则内心极为温厚、柔软。他之所以身处泥淖之境，正因为不忍之心太过，概括承受别人加诸他的苦厄。譬如，他接受父亲安排的婚姻遂有了疯妻，不忍遗弃疯妻遂阻断幸福生活；他接受变心的法国情妇指派给他的私生女，不忍这小女孩孤苦伶仃，所以带回英国为她请家庭女教师。因一份柔软心，他承受苦楚，也因这份柔软心，他的人生有了翻转的契机。

作者分头操控简·爱与罗切斯特这两个在命运路上尝尽酸楚与孤独但内心十分高贵的人，为他们安排一场极具象征意义的初相逢。

冬日夜暮低垂时分，路面仍覆盖一层薄冰，简·爱于返回桑菲尔德庄园途中坐在路边独自品味黄昏的寂静。忽然听见嗒嗒的马蹄声，不一会儿，人马摔倒，扭伤脚的正是自外地返家的罗切斯特。天空挂着冷月，寒风彻骨，在这万籁俱寂时刻，身量壮硕的罗切斯特得向纤弱的简·爱求助，搭着她的肩，一跛一跛地走向受惊的马。

自此，强弱位阶已定，完全颠覆英雄救美、菟丝附女萝的传统俗套，简·爱逐步取得主导地位。两个月后某个深夜，简·爱及时自火舌中（事后得知是关在三楼的疯妻偷溜出来纵火）叫醒熟睡的罗切斯特，免去一场灾祸，他握住她的手说："你救了我的命，我很高兴能欠你这么大一笔人情债。"甚至称她为"我珍爱的守护神"，由此可证两人的强弱关系。

简·爱固然因坎坷的成长经验而流露忧伤神色，内心亦孤高，只有徜徉于自然景致或书籍之中才让她优游自在，稍忘现实酷境。

然而，她并未失去寻求幸福的意图与行动力，受伤的心灵尚具有自愈功能，而且是强劲的自愈力。夏洛蒂对这部分的塑造可说不遗余力，意欲刻画出典型“虽千万人吾往矣”的女性阳刚力量，这在浪漫小说中是罕见的。正因为这股生命力，简·爱能面对在孤儿学校被虚假的赞助人当庭羞辱要学生“避免跟她在一起，把她排除在你们的游艺之外，不准她加入你们的交谈。教师们，你们必须监视她……惩罚她的肉体，以拯救她的灵魂……”时，尽力为自己辩护，终于获得师生接纳。她面对挚友海伦罹患伤寒被隔离，趁夜深无人溜去海伦房间与她共度人生的最后一夜，两个抵足而眠的少女不畏死亡威胁保住了友谊之凄美与圣洁。海伦死后被随意葬于丛草土墩中，十多年后简·爱为她竖立有名有姓的石碑且刻上“复生”二字。种种经历，无不淬炼简·爱“置之死地而后生”的生命力量。

因这力量，她才能扭转宛如被女巫的符咒封锁、沦为往事之家回忆之所的阴森宅邸，才能“救赎”另一颗受伤的心灵——依恃勇气而救，凭借真爱而赎回。

当然，夏洛蒂并未满足于女性阳刚力量的展现而已，若是，当罗切斯特与简·爱坠入情网之后只需动用几处情节即可解除重婚困扰，让有情人成眷属（若真这么做，这小说也就不值一读）。夏洛蒂在婚礼上活生生拆散罗切斯特与简·爱，导致简·爱秘密出走，流离失所，罗切斯特深受绝望打击，日后遭火舌文身而形残目盲。作者用尽残酷手段乃为了演绎本书另一主题：唯真爱能愈合一切残缺。

主导权仍在简·爱手上。离开桑菲尔德庄园后，她再度从一无所有中站起来展开新生活，且因继承一笔遗产而成为“不但富有，而且独立，我是我自己的主人”。相较于罗切斯特宛似槁木死灰的处境，简·爱有机会展翅高飞嫁入豪门攀附权势，然而她再次忠于“自我”这崇高的价值，重回罗切斯特身边，因为“在他面前，我彻头彻尾地活着，而他在我面前也一样”。真爱无须多作解释，真爱也不受现实浇泼而减其热度，真爱往往必须靠彼此奋力赢得，而非天上掉下的礼物。当我们读到历尽沧桑之后罗切斯特与简·爱“我们举行的是一个宁静的婚礼，在场只有他和我、牧师和书记”时，特别能感受繁华落尽只剩彼此的悠然境界。

出身牧师之家，姐妹皆具文采（两位妹妹，艾米莉·勃朗特《呼啸山庄》、安妮·勃朗特《艾格尼丝·格雷》）的夏洛蒂生于英国约克夏郡，身量娇小、相貌平凡，据云生性内向、沉默寡言，然观其画像，悒郁气质里藏着锐利眼神，绝非平凡之辈，在十九世纪仍受传统价值束缚的英国，竟能塑造出具有高度女性自觉、勇于追求真爱不受世俗观念操控的女性，堪称先锋。试看夏洛蒂借简·爱之口道出：“女人总被认为应该非常安静，可是女人也和男人有一样的感觉。她们像她们的兄弟一样，需要运用她们的所有机能，需要一块领域让她们可以施展干劲，她们分毫不差地跟男人一样，会为过于严厉的限制而苦恼，为过于断然的停滞而痛苦。而那些享有较多特权的同类，却说她们应该认命地做布丁、织袜子、弹钢琴、缝口袋就好了，这真是心胸狭窄。”《简·爱》一书写于一八四七年，夏洛蒂三十一岁芳龄之时，有此识见，令人激赏。

马尔克斯曾说：“好小说是这世界的一个谜。”那么，才气纵横的作者就是这世界的一个解答。《简·爱》之所以能通过时间窄门让不同时代读者读出不同兴味，在于它是一本活的有机体，如星钻面面放光。夏洛蒂具有一支能呼风唤雨、令大海回澜的妙笔，无论写景抒情皆极具叙述魅力。能驰目骋怀以季节容颜贴写人物内心，亦能雄辩滔滔义理圆融，让男女主角以智识交手埋下惺惺相惜的爱意；又能忽远忽近、欲迎还藏转笔描写愈来愈缠缚的情愫，更能写尽破灭与绝望之苦，道出灰飞烟灭之后复合的狂喜。

在世上只活三十九年的夏洛蒂，给了世人一部悲喜交集的爱情经典，自己却在三十八岁结婚后只享九个月婚姻生活即病故。回到命运与补偿的角度来看，《简·爱》传世，也许就是上天给她那过于荒凉的一生的珍贵补偿吧！

行僧

人在行云里

第一次见到梅觉，是在七月的一个晚上。

那时，晚寝的鼓声已止，钟的单音扩散于山间谷坳，引起了蛙之鼓及夏虫唧唧。

南台湾的夏夜好像另有一个太阳似的。人躺在木板床上，只敢侧着睡，生怕一平躺下去，压破毛细孔里藏着的热精灵，汩汩地出一背的汗水。一支电风扇摇头晃脑地为三四个人驱热，偶尔脚底板分得一丝凉，才能沉沉地渐梦。

蒙眬中，有人推门而入，似乎睡在秀美旁边的木床上。我想起，这支电扇本来是较靠近她的，后来趁她们去晚课时，我与秀美将电扇移近了我们这边，这样电扇会多看我们几眼，但不知她那头有没有吹到？我转个身朝她那儿噤声问：

“喂！你有没有吹到啊？”

她醒觉到我在问她，也噤声答来：

“有啊！有啊！”很厚重的声音。

我又问：“要不要移过去一点，吹得到吗？”

“没关思！没关思！我不热啊！”不太标准的口音。

秀美也未入睡，她是个很容易与人熟稔的女孩，也偷偷问她：

“你从哪里来啊？怎么你讲的话跟我们不太一样？”

“加拿——大！”

我们都很新鲜，睡意少了一分，这屋子里竟有舶来品！

“你叫什么名字？”秀美问。

“梅——觉啊！”她的“jue”音发得很好玩，嘴巴一定嘟得老高！

“啊！好好听的名字！”我说，嘴唇上虚念了几次她的名字，突然有一种顽皮的联想，本来是不应该说的，可是心里憋不住好笑，便“嘻嘻”两声向秀美偷说：

“有点像‘没知没觉’的‘没觉’……”

秀美“哈哈”两声向她说了：

"'梅觉'的意思，就是'没知没觉'……"

她听了，一点也不愠，"嘻嘻哈哈……"乐了一会儿，自顾自说："对！对！"然后，我们三个人同时"嘘"，睡觉了，一室寂然。但我脑子里低回着她的名字及加拿大，从那么遥远的寒冷的地方来的女孩，她不怕热吗？决定天亮的时候，把电风扇移过去一点。

次日醒时，她们都已经做早课去了，只有我与秀美还"懒"在床上。佛光山寺院里的规矩很严格，早晨四点半就必须上殿课诵，我与秀美连续发了几次心，仍旧赶不上上殿的时间，也就不了了之，她们当我们远来是客，并不要求，而我们因此更愧疚良久。连个小小起床事都难于上青天，更不要提什么悲、智、愿、行了。

"您早啊！"梅觉推门进来，穿着一式玄色海青。

就着天亮，我看她仔细地把海青脱下叠好，露出一袭佛学院的学生制服，简单的淡蓝色令人感觉天亮得早；脚穿白袜，蹬一双黑色僧鞋，仿佛万里路就这么走过了。尤其令我惊坐而起的，是她那两股垂腰的大辫子，如勒马的缰绳。我说：

"啊！你的头发好长哦！"

"是啊！很久没有剪了。"她很不好意思地拉一拉辫子，我因而见到她那一张黝黑的脸，及写在脸上那放旷的五官：浓眉、大眼、有点戽斗的下巴。随时随地，这人推门进来，总让人认为她必定刚从一个遥远的、酷热的、荒凉的蛮荒处回来。

我说：“不要剪啊！好漂亮的头发！”

“谢谢啊！”她温和的样子真可爱，尤其一口洁白无瑕的牙齿，使人觉得和她讲话是一件快乐的事。

后来，我与秀美又换了寝室，没再与她们同住。但，过不了几天，再看到梅觉，几乎认不得她：

“啊！你怎么把头发剪掉了！”我大惊。

她又不好意思地摸一摸短得像小男生的头发，随即摊了一个很顽皮的手势：“I don't know!”然后嘻嘻哈哈很快乐地笑了一会儿，才正经地说，“太麻烦了！我每天都要这样这样……”她做了编发的手姿，从头编到脚，我们都笑弯了腰。我就伸来食指、中指，支成剪刀模样，往她虚编的长发处“咔咔”剪了两下。

这一剪，数年长发乃身外之物。

我想，当她踏出多伦多大学的校门，一定有一个属于宇宙的秘密蛊惑着这位南中国的女孩，使她忘了去编织巴黎最流行的发式，去剪裁最新颖的服装，去学习最惹人的交际；一定有一个生命的谜题困惑着这位快乐的女孩，逼迫她小小的胸臆，于无人的月夜落着无数的问号之泪。

“然后，我工作筹钱呀，我要到处去看看啊！”她的眼睛因长时间的奔波，掩了一层难以探问的黯淡。

或者，她要说的是，我要到处去问问啊！问何以日落月升不曾错步？问何以生生不息，又死死相续？问生源于何，死往何处去？问该对初生的赤婴唱什么歌，该对怀中的死者落什么泪？问未生我之前是谁？既生我是谁？化成一抔土后又是谁？问芥子纳须弥，还是须弥纳着芥子？问为什么芸芸众生我一回头，看到的就是唯一等我的人？

“去了美国、欧洲、日本、韩国、东南亚……”她很费力地想着她去过哪些地方。也许行到山穷水尽处行兴自消，她也记不得那些碎为微尘的云烟过往了。

“就这么一个人走吗？”

“是啊！一个人。”她理所当然地说。

那么，把家园屋宇之色系为帽檐的飘带，把双亲兄姐的爱语做成行囊的铃铛，把学识书帙卷为攀山涉水的杖，而生命的缘故啊！那乃是永恒的指南。

多少山岩河川、森林曲径行脚过，松与柏或女萝，无言；多少海洋天涛摆渡过，波与浪，无言；多少阴或晴的天空航行过，风或云默默；多少条分歧的路向陌生的行人质疑，而每一个方向都山穷水尽。

“不想家吗？”

她摇摇头。或许，在异国那座初晨的森林，她自睡袋里醒来，阳光的手已掀走那顶家园的帽，松针缝金阳丝衣为她的桂冠，谁说时间乃一匹无常的布？或许，天涛与海岸边她枕暮色睡下，见海水在白昼化为云霞，云霞于黑夜又回到海洋，她想，一方与十方何异？或许，当她行脚过挨家挨户，听稚子哭啼的声音，闻年迈人母哀婉的凄喊，她自觉不该藏有爱语的铃铛，将它羚羊挂角，送给每一家的屋檐。

然后，行囊、步鞋、两条结绳记事的辫子，她来到台湾。

“我喜欢这里！”她露出一个洁白的笑。

那时，小径两旁绿草如茵，燕子穿梭；我们择一处高的石阶坐下，看天。她自从剪短那结绳记事的发，好像牵牵绊绊都短了，人显得轻松，笑起来也更纯粹。

“我希望多看一点经书，做一个学生。”她严肃地。

很多时候，我看到她与其他佛学院的女学生在绿草地上“出坡”，她们或蹲或跪专心一意地拔除绿茵里的杂草，她们称这是拔烦恼。梅觉从这儿拔到那儿，她的身子在烈阳下定着，久久不动。有时候，她穿着围裙，在厨房大灶之前忙着炊爨之事、洗濯之役；想惠能当年至黄梅参访五祖弘忍，做的也只是后院里破柴舂米的劳役之事。但，更多时候，我看到梅觉在教室里用功着，一盏灯总是点到不得不熄灭的时刻，那时，晚课的梵呗召唤。

若人生如逆旅，谁不是行云？唯寻着永恒生命者，唯能纵身化成一道甘泉，向三千大千世界洒去。

天阶月色凉如水

在陋巷，深居人不知，她说她从小是个养女。

养女这身世是问不得的！只要记得饮食起居即可：当鸡鸣桑树颠的时候，要早早起身，密前淘米煮饭，摘一日份的菜，剁一锅养猪的地瓜菜……要记得洗衣啊！好。要记得扫地啊！好。要记得喂鸡喂鸭啊！好。当狗吠深巷中的时候，要快快汲水，急急举炊……为什么饭还没煮好？为什么衣衫还未叠好？为什么鸡与鸭还没有喂？为什么地还是脏的？你说！你说！！你说！！！

中国人一向学不会疼“别人家的女儿”，从古早的童养媳到今天的儿媳。

小女孩啊！你想到什么？你空闲的脑子里想到什么？何以你浅眉深锁？你的秀目有泪阑干？你小小固执的唇如一枚吐不出的核？虽然“吾少也贱，故多能鄙事”，但孔夫子闲来好陈俎豆，设礼容。而你呢？你空闲的脑子里好的是什么？

只是希望在仲夏的中午，有一片大树荫庇护你，你躺在石板上打盹的时候，苍蝇不要来围观你脚疮的隐私而已。

只是希望教室里老师翻开你空白的作业簿时，棍子的声音不要太大而已。

只是希望初一、十五供佛之后的果子，你能恣意地捧着捧着，回你的角落闲闲地吃而已。

但，当疮疤已成痂而身世之痛开始瘀血时，那年老的郁树浓荫也遮不住你年轻心头的狂热！当练习簿已写破而你犹不能解你姓氏名字的笔画时，那棍子的声音也打不醒你少年心中的空洞！当供果的甜也抵不了泪水的咸，你开始问："人皆有父，翳我独无！"

问啊！你问七十老阿婆："地瓜菜牵得再长再乱，沿着长茎掘下，总有一粒番薯头，我的父母是谁？"

阿婆说："生你者是。"

你又问八十老阿公："小鱼卵再细再瘦，总有母鱼的肚子褓抱腹育，我的父母是谁？"

阿公说："唉！养你者是。"

你却闷闷不乐，昊天罔极，而你的娘是谁？从此，你藏住世事，日居月诸，深巷人不知。

却有一日，你随人来到佛寺。那巍峨宝殿，你仿佛来过；那庄严佛相，你似曾相识，又听得梵唱声声："炉香乍爇，法界蒙熏，诸佛海会悉遥闻，随处结祥云，诚意方殷，诸佛现全身……"你心生欢喜，却又涕泪悲泣，从身口意之所生，顶礼你自己的本来面目，对着心灵父母。

你下了决心说："阿母，我不回去了！"

随之而来的，是一个巴掌与严词厉色，你回去了，深巷里，日出日落。

而午夜梦回之际，你渗出一身孤独无依的冷汗，仿佛苦海破舟，载沉载浮。你的心遥想那日法界蒙熏，啊！诸佛现全身啊！诸佛现全身！你心生大欢喜，涕泗滂沱，于此月夜的眠床上，开始梵唱：“炉——香——乍——爇——”

当你第二次回到佛寺，又被一干人强行抓走的时候，你的噩运开始。他们下令禁锢，把你关在一间小屋子，不许踏出一步。

你犹如困兽，拼命捶打门扉抗问：

“为什么关我？锁我？为什么不让我自由自在地追求生命？”你大叫！他们正在吃饭，不理。

尔时世尊问：“须菩提，于意云何？东方虚空可思量不？”

生命比东方虚空更浩瀚无际，不可关，不可锁，不可思量尽！

须菩提答：“不也，世尊。”

“为什么禁锢我？封闭我？为什么不让我去传播我心里的欢喜？”你大力拍打！他们正在喝水，不闻。

“须菩提，于意云何？南西北方，四维上下虚空可思量不？”

赤热之子纯然的欢喜充盈于南西北方，四维上下虚空，不可禁锢、不可封闭、不可思量尽。不可思量尽啊，不可！

“不也，世尊！”须菩提答。

你哀求说：“请让我回到真正父母的慈爱里去！请让我重新学

习做一个孩子，重新认识我是谁，重新做我最应该做的事！好不好？……好不好？……”他们在门外走来走去，不管。

那个月夜，你声音已哑，泪已尽，手足俱肿。你瘫坐于地，虔诚地思前想后你所经历的人间世事，哀然而叹：如断脐带、如刖手足、如丧考妣。那时，月光悄悄地转入你的窗棂，洒了一地的霜；仿佛，仿佛世界都静止了，人都睡着了，门与墙与锁也都疲倦了。你听你不息的心跳，是此漫漫墨夜唯一的单音；你借着月光再审视这客居的屋檐，难道一只碗、一双筷就值得换去一生？你平心再叹，静静站起，得月光之助，将窗棂卸下，也无惧也无悔地悄悄落身而下！又得庭树之允，踏着树干为天阶，攀上围墙，翻身而出！那一夜，虽万籁俱寂，而你生命的海潮音随着你坚毅的步伐澎湃着。

如今，二三十年过去了，你对我说这些，也只是淡淡一笑而已。我看你束着的净发，朴素的衣衫与裙裾，跟形形色色的人似无不同。但，你说：“虽现在家相，却行出家事。”你的脸上洋溢着壮硕、明亮、圆融的光辉，一点也看不出挣扎的勒痕与瘀血。但也许，凡是尽毕生之力挣扎过的生命，都是这么洁净圆融的吧！

忘了问你：那夜的天阶月色，其凉如何？

却忘所来径

那时，我站在楼上浏览四野，因闲云想万事，随飞燕思万物，心中是淡淡的无可亦无不可。

而她站在廊下，定定地看着壁上张贴的文字。她人长得高，一头长发如一匹瀑布，不编不夹不束，就这么泻至于腰，好一种至死无悔之姿！一袭藏青色碎花洋装，很古典地保守着双膝，有着中礼中节的固执。她那时或许正要出门，戴着一顶墨西哥草帽，肩头挂着一只草织的背包，足蹬一双凉鞋，那些许漂泊意，真会让人走避，仿佛她要到哪里去，谁也阻止不了的。

好像，有人喊了她，她飘然旋身，不羁之美，令人心惊！

近一点的距离面对她，才发觉她的冷肃：两道柳叶弯刀眉，毫不留情般；黑白分明的眸，好像司掌善恶的巡吏；挺秀的鼻梁，似乎不屑于吸太多你们世人的浊气；而那唇，除了一个“俊”字是不作第二语的！她的脸色苍白，不胭不脂不粉不黛之下，还是不肯有一点油腻与污尘，但是，那种白像淘洗过的，下定决心淘洗尽的不染，使你猜不透她原来的铅华。

唉！这女人若从河岸走来，你会说她如水；若从山上下来，你会说她像岩；若从红尘而来，你便乍然一惊，以为她是手中有弓如箭的情司！

听她说话，有些负担，因为她声音的旋律与语法跟人不同。有些女人说话，如麦芽糖，黏你一身；有的像西北雨，哗啦啦泼你一身；有的如暴起之风，气呼呼刮你一阵。而她喜欢停顿、思索，语气是由烈炼成平的，语句是由硬磨成刚的！所以，听她说话，你很像在捡一地的石子。

不敢想象，她还未到佛光山上来的多年以前，如果有位男子对她邀约，她剑眉一竖的时候，他怎办？她语出峻词的时候，他怎办？她双眼一逼的时候，他怎办？就连我问她这些儿女情长事，她一笑，算是回你又算是答天下诸有情："这种，感情的事。"她一顿，"经历多了，会感到。"

"感到什么？"好像平常所听得的种种对爱情、对盟誓的定义与批注都不算什么了，而她所要说的才是最对、最能成为圭臬，你该终生去实践的。于是你又心急地追问："感到什么？什么呀？……"

她扬眉，看你，说："无常。"

还好！我不是痴情男子，否则，怎承得住这么天外而来的陨石！

她偏着头，手背扶发，昂然一扬，三千秀丝忘于肩后，她说："以前，我想，佛法算什么？"她的眼眸引你回到她备受宠爱却又无限孤独的幺女童年。有祖父母，有父母，有一群兄妹，及一大片山区林绿；有野草莓、山茶花，有大蛇、野鸟及飞鼠……还有一年到头晾着的一片好蓝好蓝，你爱撕多少就撕多少去擦鼻涕的蓝天。

佛法，算什么？

“但是，你不得不承认，”她的眼中有许多成长的故事，浓烈又深邃的，“你随时随地在印证佛理。”

“譬如？”我问，这下子换我不服了。

“诸法无常，”她俨然地说，又斩钉截铁地告诉我，“因缘聚灭。”

我心里仍是不服，暗自揣度：“你又见过多少无常？”

她停了一段时间不说话。我们对坐着，夜里的室内很静寂，她想她的，我想我的。我们思考着一个很难的问题，在谈与不谈间。

“四五岁的时候，”她的声音如半夜的滴漏，要把顽石穿成虚怀若谷，“我家院子开满一种紫色的花，每一朵，都是最漂亮的，我拉我爷爷去看。”

这我了解，一花一石一草一木都曾在每一个人成长的过程中绽放着喜悦的光芒，这我了解。

“第二天早上，”她说，“花全谢了。”我一惊！

她说：“我哭了。哭花吗？好像不是。是哭另外一个我不知道的东西。”

她说：“现在，我知道，是无常。”

把“无常”从四五岁未解事的年纪背负到二十多年后的此时此刻，是这么刻骨铭心！若是盐液，也早把好好的身体发肤都蚀尽了。我突然掉入她的童年，因满院的紫花而雀跃！而快乐！而蓬勃！那是多么单纯的幸福！多么慈爱的天！多么温暖的地呵！可是一早再看却都谢了，成尸！每一朵都再也叫不醒！任凭哭！抓！喊！叫冤！撕天！裂地！啊！我的心于此刻扭曲，一趟天堂一次地狱！

她却平静地说："每一朵花开花谢，既是因缘，也是无常！"

那时，夜很黑、很闷、很热，我的心有种泪不出的难过，奋力挣脱，可是两只大黑掌却一直撅住抓着勒紧！我知道她接着要说："人，人也如此！"我几乎想用全身的意志阻止她下这定论，判这刑！

她没说，我的心说了。

沉默。

沉默至谷底。

不知道此刻时空是什么？而她的生命与我的生命于此又算什么？思绪游荡于有与无之间，不着边际，不住悲喜。我看她，愈看愈陌生得冷，却又熟稔得热，像一个发言人。

"总……"我试着问，"总有很多故事在你身上发生吧！难道他们……"难道不能安身立命于一块土或一间厝里？

她看我一眼，知道我问的是什么，也知道我在抗拒她这一席"图穷匕见"的谈话。

"不是总有。"她低下头，抚着发，一起向记忆之深渊探影，"是一直有，"抬头很肯定地说，"爱情。"

但是，那样多痴情于她的，不舍昼夜追随着她的，竟都听不懂她心中的天籁！

“他们说，我想得太多了！”她憾然一叹，“但，我自己清楚知道我想的是什么。我知道，如果不能对生命有解释的答案，与其两个人一起茫然，不如独自。”

他们说美丽的女子不允许镇日锁住剑眉，他们一听她疑问，便送她糖、鲜花、漂亮的果子，却不晓得她的心是一只窄口长颈宽腹的陶瓶；她把糖、花朵、果子塞在里面，在时间中酿成骇人的惊涛烈酒，却倾倒不出，日复一日，变成酸液苦汁。

“我的酒量很好。”她说，“六瓶绍兴不醉。”

可是，那天晚上，他衣冠楚楚送她回家，她看自己也一身华裳，却忍不住摇一摇头：“多像蜉蝣。”他走后，她却独自因为饮过的一小口薄酒而欲吐！而欲裂！而宿醉欲死！可是，咽不下吐不出啊！这酸液苦汁这酒！

我听此，无泪，却频频点头。不是女人对女人的堪怜，是生命对生命的相惜，我们这一群无面目要求面目的人啊！

“我清醒之后，”她开始今晚的第一个微笑，“我上山。”

而他们那时正在做什么？协议、恳谈、不惜武力相向，争一个美丽女子如争遗产权？

我问：“他那么辛苦才找到你，你怎么说？”

“随缘不变，不变随缘，”她继而莞尔，“他现在已经是一个孩子的爸爸了。”

我大笑，这一出此身虽在堪惊的人间爱情剧，唉！唉！唉！

“现在呢？”我笑够了，问，“你的感觉？”

“海阔天空。”她以一种发自肺腑的深泉谷音说。

我们默默相视而微笑。

够夜了，我们互道晚安，熄灯，与天地同阒黑。她往西走，我往东去。我知道走过黑夜到达她黎明的禅房，她不是水，不是岩，没有弓也没有箭了。而我呢？我不敢问自己这些。

几天之后，听到一个大消息，她要出家了。

她说：“在这里，这不算消息。”

她说：“我一天一天走向它，现在，我到达了而已。”

在她最后一天的女儿身的晚膳之后，我向她祝贺：“法喜充满！”心里有些慌乱、不舍！竟像对一个诀别的人！

她却无事一般，说：“每一天都是法喜充满。”

我知道这天晚上她要自己主持落发，到第二天早晨举行过剃度大典之后，才真正算是出家人。典礼只是一个象征而已，至于落发、僧衣全都要自己动手才是，不然，谁替得了谁？谁又能为谁做主？

沐浴净身之后，尘垢已尽，她抱着一袭百衲衣、罗汉鞋、罗汉袜、一把利剪、一把剃刀，平平安安向禅房走去，像走回家一样地如履平地！

秀美与智龄去观礼，我没有。我也是沐浴后，到山林野间去乘晚凉，去吹干我洗过的长发，去散一回我依然的女儿身。这世界，每一刻，有人生了，有人死了；有人清醒了，有人迷醉了；有人回到家，有人离家。形形色色，谈与不谈间、看与不看间、知与不知间，都不是那么重要了！

但我犹然可以想见，焚香缭绕上升时，她洗湿了一匹静止的瀑布，左手掬起，右手持着利剪，裁下娑婆世界：

第一束，还给十月怀胎的母亲！

第二束，还给襁抱提携的生父！

第三束，还给耳提面命的尊师！

第四束，断儿女情长！

第五束，断贪嗔痴！

且将女儿身，还给天！

且将女儿名，还给地！

热泪盈眶！缓缓地无数阿僧祇劫以来此时此刻重新诞生，那红尘滚滚已止，那风雨飘摇已止，那翠微拂衣、女萝牵裳的所来径亦止，都化成轻轻一句：“阿弥陀佛！”

秀美回来说：“突然，不晓得怎么称呼他了！”他现在是无名无姓的静然赤子，等着他即将黎明的出世。我们，我们这些人对他，心行处灭，言语道断。

第二天，佛光山大雄宝殿里梵唱如海潮，一波一波清净着他们的菩提慧命。他们虔诚地唱："……往昔所造诸业障，皆由无始贪嗔痴，从身语意之所生，一切我今皆忏悔……"对着佛陀座前发下四弘誓愿："众生无边誓愿度，烦恼无尽誓愿断，法门无量誓愿学，佛道无上誓愿成。"从此，他是修梵行，担负如来救世家业的僧者，不是那夜与我面对面的凡家姐妹；他是住于戒、定、慧的禅者，不与我们同往于色声香味触法的五欲六尘里。

当我再仔仔细细面对他时，他喜溶溶洋溢一身，果然是大丈夫庄严相好：剑眉隐于鞘，双目如判然明珠，鼻梁似秀峰，不轻易出语的唇，此刻圆满。

你若远远喊他："师父！"

一袭黑色长衫，旋然，来到你面前，合掌，道："阿弥陀佛！"

恒河沙等恒河

丰原

伊的生命，原本只是一粒恒河沙，现在，却等量于恒河沙一般多的恒河。

伊生于此，丰原。那时候还是个十来岁的孩子，至少，伊的阿姆还叫她“查某鬼仔”，用很亲昵的口气，好像打算一辈子都要留她在身边，晨昏日夜喊她。

伊虽然心里有微愠，却也不敢表露，只是想：白白辜负了人家的好名字啊！伊家里在镇上开戏院，母亲兄姐也都在那里帮忙，平日只剩伊在家，格外觉得冷清，像一个在大白天里被禁锢的魂魄。由于住的地方离戏院只隔一条街，她便养成习惯，黄昏的时候，就独上顶楼看天以及看地；看天的意思是，天空里的云朵绚烂，常常幻变着异彩，尤其在灰夜掩蔽而上的那一霎，最是巅峰的美，伊看得喜了，便对天呼唤自己的名字："锦云！锦云！"不肯辜负这么钟天地之毓秀的好名好字。这样呼喊之后，伊的心就荡然而动了，有一些凌云而去的想象，以及揽臂纵拥苍天众生的心志。看地的理由，是因为戏院散场了，人潮如流水，东西南北向漂泊，不敢多作居留。伊凭栏俯视，更有点可怜身是眼中人的叹息，仿佛人潮里就有个自己，一会儿东行一会儿西走，茫茫然随人潮散荡不知抬头有天，伊看得痴心妄想了，果真朝地上的那名女子唤："锦云！锦云！看这里啊！"那女子居然毫无动心貌，只留心橱窗的锦衣华裳，逛来逛去。伊才醒觉：那样的人不是自己。

"唉！也不知晓自己在哪里？"锦云这样想，是天庭里驮水的云奴，偶尔来过眼？抑或是菜园里的番薯藤，一路在野地里追索自己的原本根性？还是人世间的一块冰冷翠玉，被紧紧握在五伦指掌里，为汗渍所苦？锦云深深地为这个疑团所缠缚，虽然只是浮光掠影地来到伊的生活里而已。伊偶尔在举箸的时候思想起这事，眼前的佳肴美味都不堪咀嚼了；伊偶尔去自己家的戏院当门口的撕票员，那些看电影的人自动掏票给伊，非常心安理得地，而伊却愈撕愈心虚，无非是把这件事投射在个我生命的追寻上，觉得自己尚找不出那张验明正身的票券，无以面世。但是，谁也不关注伊的神情，即使有朋辈热心地相询心事，伊说着说着，好不容易把心事说出个蓓蕾样儿，听话的人不小心打了个盹儿，心事已像昙花开谢了。伊有时也会退一步观看自己，生命不过尔尔，认不认得自我，许是无伤大雅吧，何必自苦？况且，芸芸众生谁不如此？那就在晨粥夜饭中度日吧！在杯盘碗碟里消磨年华吧！把生命看到芳菲都歇处，再落花流水吧！

二十余岁那年，一日，伊骑车出外访友回来，一个人在村路上漫游。那时正值秋收，田野间三三五五的人忙着刈稻，午风吹拂过，稻浪汹涌，那些人倒像浪里白条了。伊原本是无心无事地踩着车轮，不急着前行，不眷恋过往，也不仓皇于当下此刻，一副空空白白的儿女模样，可有可无的人间微尘；可是，当伊偶然瞥见稻田里有两条奇特的人影时，不禁停住车子，移步去探看。

那是两个比丘尼，正在弯身割稻，忽前忽后互相追随，前后无语。

伊起了好奇之心，蹲踞在田岸观看。观得风也扇动了、稻穗也闹了，那二僧依然无话。各有各的刈程，一如参星一如商星，虽不见却不远。伊难得有这样的良辰去参天地之化育、谛听人世之动静，不觉心中有活络的泉奔之声，自眸睫始，一路洗濯伊久无欢颜的面目。伊深深地起了孺慕之情。

“师兄。”有一僧破空出声。他头戴僧笠，身着灰青色罗汉衣罗汉裤，在裤管处扎了一个绑腿，倒是不着鞋袜，赤足而行，声音虽娇却不媚不弱：“‘人虽有南北，佛性本无南北’这话我久思不得其解，前后矛盾。”

“哦？”另一僧低吟道。他亦是僧笠僧衣一身，不同的是穿了罗汉袜僧鞋下田，虽然田土干裂，稗草莽莽，都与他无干。

“佛性自在，人人皆有，既然人有南北分，佛性自然也有南北分，愚智根基不同，悟境也不同啊！譬如说，这畦田，前边的谷实粒粒饱满，这边的就虚虚实实杂在同一株里，这不就是有南北吗？”说到兴头处，伸手摘下一粒扁扁的谷子，递给另一僧。

“哦！倒是实话。”此僧打直腰身细细观了一观指掌上的谷粒，忽然拿到嘴里咬了一下，剥开壳衣，凑近那僧说，“师弟，咬破糟糠见白米，佛性哪有南北？”

那唤作师弟的女尼，噤然无话，弯身又割去了。伊隐在稻叶中，玩味他们的对话，虽不懂却有欢喜之情跃于脸上，仿佛窃得天机。

“啊！好单薄的女孩子！”那年长的女尼发现伊坐在田埂上，不戴笠不着鞋，只穿了寻常的短衫素裙，头发用橡皮筋圈个马尾，身无长物，不禁对伊起了关怀的神色。

“我帮你们割稻！”伊跃身而起，也不避讳这身素净装扮是会脏的，找了一把断齿镰刀便割将起来。坏镰刀割着稻茎，又滑又碍，来来回回锯着才能断茎，伊走得好辛苦，汗珠如雨滴滴答答打在田土上，也顺势打落了无数日子里人潮的乱影、绚云的流姿、戏院门前贩子们喧哗的叫声……以及夙夜匪懈伊的自言自语。伊抬望眼，无边际的稻田野浪迎着风吼，伊觉得自己是匍匐朝圣的女子。

“你该回家了。”年轻的女尼说。天色转暗，田里的活儿也告一段落了。田主人已载了谷包回去，这两位比丘尼得了衬钱，也准备回挂单的寺。

“我跟你们走。”伊笃定地说。

“我们是云游僧，四面八方的生活你过不来的，有缘自然会再见面。”

“不！就是现在，现在就走吧！”伊如识路的老马。

“我再问你一句，”那年长的女尼执起伊的手含在他的掌里，一股温热传心，“身无挂碍吗？”

“身无挂碍。”伊严肃地答道。

“北上，还是南下？”年轻的女尼问。

“哪里的火车先来就往哪里去，一切随缘。”伊先答出了头绪，尘埃落定。

鹿野

伊落足于此。“王母庙”是一座年久失修的寺庙，隐在山间丛林，平日村民鲜到此处，只有住得近的老乡民，每逢初一十五才来上香供果。庙里四壁斑驳，环室萧然，连灯火都没有。

三位女尼各有各的境界，别人的寻常日子，对他们来说，却是惊天动地的苦修梵行，连冷冷暖暖的饮水滋味，无一不在参悟妙机。他们坚持不受村民供养，白天则轮流上山采野生菜来煮木疗饥；到了九月，山脚下的花生田、番薯地都已收成，他们到人家的空田里去捡拾落花生或番薯，晒干了好收藏过冬。这般原始生民的日子，却也有他们甘之若饴的领悟，才几载的光阴，昔日那位单薄女孩，吮吸了经卷的甘露，渐渐萌生悲海缘声的菩萨雄心。伊法名“证严”。

偶尔一日，伊独自在庙后的空地上锄土栽种番薯藤。那时节正是旧谷已筛、新苗未播的农闲日，于伊而言，则是筏已造成、苦海未渡的岸边心情。满腹的经藏律理未布未施，好比私藏谷苗不种，白白让众生的心田长野草，不能说不罪过。伊一面锄地，一面把短藤埋于松土里，一面思前想后不得其果。

“哎哟！”伊不小心踩到一块扁尖的石头，不偏不倚刺入脚掌中，一时痛得锥心。

“阿弥陀佛！”伊称了个佛号，拔出石块，石尖带血。伊跛着脚至树荫下歇坐，让肉痛能减轻一些。

“这就是了。”伊扇笠取风，对着那块带血的顽石吟思。此时，山籁禽鸣都天真无邪，叶舞树摇也了无心机，伊归伊，兀自点头称道：

“这就是了。”

“好比踩到石头，当下便喊痛，肉身都还如此精进，为什么心却迟疑不行？如来说若有一众生未度，就如无有众生得度一样，我连一个蝼蚁众生都不曾度，还要谈什么梵行？”

次日，伊辞别了道友，只身入世。

秀林

伊定身于此。与几位弟子结草净舍，总算有避风挡雨之处。日子很苦，伊依然秉心不化缘，因为众生更苦，坚持自力更生，得一些微薄的温饱。

伊这样长期劳动，虽瘦弱却另有坚实的精神，一向都不曾病。倒是有一日，一位信徒入院了，伊走了长路去探望。正要出医院，忽见水泥地上流着一摊红血，探听才知道，是一个山胞妇人小产了，部落里的壮汉们走了八小时的路才将她抬来求医，却因为交不出数千元的钱，又把这位垂危的妇人抬回去了。伊跌坐于椅子上，怔怔地凝睇那摊血印，如火劫后的焦黑莲花。

伊在回去的长路上，疾行而哭，旷野中没有人注意到伊在僧笠下的哭颜，依旧向伊合掌问讯，欢欢喜喜地。伊觉得这世上仅有伊一人能做这事——为什么不在平地上种出一座医院来，好抚慰那些身历火宅、心陷悬崖的人。

“慈济功德会”就这样成立，伊与弟子们工作得更勤，朝朝暮暮奔走，如一条愤怒的恒河。

福田

伊的炉香乍爇。也不知道谁辗转传的音信，伊的阿姆得知伊身处僻乡，正为着筹十方善财而劳瘁。有一日，托人带着物件来见伊。

伊早已忘了家门，再听到乡音，不免有些触动。那人把物件递给伊，伊打开看，是一笔为数不少的款子，还有一些款式不一的金饰玉镯。

旧款式的是伊阿姆的嫁妆，新款式的是为伊而备的嫁妆。

“你给阿云讲，去买块地，伊养别人我养伊。”

恒河

第九种风起，伊的心似沙等恒河。一粒种子，只能结一个果，就算唾籽再种，又要多历寒暑。既如此，就唤遍那些隐身不现的种子，请他们都去一一结果啊！每分每秒的光阴都被伊与信徒们塑起来，一片瓦、一块砖、一叠榻……慢慢地凝聚着，医院破土了，工人们夜以继日地建筑着，十多年的年华换去了，伊的容颜虽老却相貌庄严，仍然胼胝着身躯心性，继续筹募那些未着下落的尾款。恒河沙等量的恒河奔驰着，为的是把瘠地垦成净土。

每年，伊会托人带着口信及两麻袋礼物送给伊的阿姆，致意医院筹募的情形并问候老人家的起居。提到伊自己，都是千遍万遍的好。

那两麻袋的礼，一是禅定自在的花莲野石，一是田里收成的甘美番薯。

红尘亲切

空法师是我们穿黑长衫的好朋友。

自从一把利剪剪去二十五年的女儿身之后，他是穿百衲衣的大丈夫，自是已破“男女之相”了。因此，言谈举止之际，看不到娇憨媚态的女儿熏习。倒是行住坐卧之中，掌风习习，妙藏物色；提足成步之时，如矿出金，如铅出银，十分洗练。

当然，更难猜测的是他的年龄，多少年的梵行修持之后，年龄已不能腻他。有时候，他很老练深沉，好似几百岁，有时候，又很年轻，跟我们这些没大没小的儿郎们一起调皮捣蛋。既有老年之识见又有少年之胸襟，他，乃是个忘年僧。

如果，您偶然地在路上与之相遇，错身的刹那，您以珍禽异兽的眼光看着他，他必然也会稀奇古怪地回顾着您，你们两相诧异，世上竟有如此这般人！然后，缘尽。若您一霎时觉得：这位行僧颇具庄严相好、书卷气质，因而趋前问讯、请益，恳恳然；他一定原地止步，合掌回您的礼，谦谦然。然后，听您把身家性命、祖宗三代统统讲完，一起与您研讨、切磋、提掇、点化，务必要把您的过去心、现在心、未来心统统安止住了，才颔首让您走。很难说他是冷情还是热肠，不过，倒有点像深山野谷的清泉，随缘随喜，无情游。

关于空法师的野史逸事颇多，用“千变万化”来形容最巧。

吉老——空法师大学时代的学弟，有一次慨叹：

“这个空法师！他大四那时拼着命念书，拿了九十多分的成绩，程度……还是看得出的。剃度之后，更用功了，可是，境界还是有限。现在……”他叹着，“唉！……”颇有“汉之广矣，不可泳思；江之永矣，不可方思”的苍茫神色！

可是，慧姐却说：“这个空法师，办起事儿来真让人一头雾水！”

怎么着？比如说吧！有人打电话来交代：“喂！空法师，请您务必转告小慧，明天下午的约会取消了！”

空法师：“嗯！嗯！嗯！没问题！”挂断电话之后，碰到慧姐，便非常尽责地转述：

“小慧啊！某某人要我告诉你，明天下午的约，务必不要忘了啊！”

结果自然是："有一只鸽子在街头死得很惨！"

慧姐气咻咻地找那人理论："什么意思？放我鸽子！"两人争执指责正在兴头，难分难解之时，这个空法师看到了，一个箭步上前劝道：

"什么事？什么事？自己人有话慢慢说啊！"

此二人见元凶祸首已到，自然各执一词质询而来非求得水落石出还我清白不可！空法师听了听，反身一问：

"真的吗？我不记得了！"这话恁地是八风吹不动。管你什么样的热架，到此都变得索然——无锅无灶光有一把火，炒什么？

所以，我们一上山，慧姐事先就叮咛：

"你们需要什么东西，最好列一个单子给空法师，否则呀，你要一沓稿纸，他会给你一包卫生纸！"

但是，据我们观察，空法师从来没有接错线、传错话，照顾入微、呵护备至自是不表，连我们短缺什么，他都筹措周到。因此，照我的忖度，空法师大约烦于这些大人们"以假乱真"的习惯——一句真话必须掺以九句假话，说出来才不割喉、不嘴腻，十全十美。所以，他也就真真假假随它去也，不当心。换作我们，一起孩子罢了，啥心机也无，反倒有"弄假成真"的本领，这跟佛家所云"借假修真"的妙理暗契密合，难怪他假假真真都如如不动，对我们丝毫不轻心。

原来，精明练达或糊涂痴迷，都只是一念，随人随化罢了！

对志铭来说，空法师是他的知音。志铭的歌唱得很好，一曲《燕子》，声情合一，麻雀不敢飞；但是，空法师不鸣则已，一鸣惊人，唱起《海韵》，可谓惊涛骇浪，鱼龙尽出。然而，歌得娱人，亦能愚人。

当年，空法师在日本东京大学攻硕士时，有一次随旅行队到各地古寺参访。游览车上，大伙儿又叫又闹，玩起歌唱大赛来。一时，各国俚俗之曲、民谣之风统统出笼，吵得他无法看书。尤有甚者，旅客竟忘了“宁动千江水，不动道人心”的明训，联合起哄，请空法师高歌助兴。

我们都捏住一把汗，问：“您……您怎么办？”

“我……”空法师不抬眼不举眉，说，“我就站起来，麦克风也不必了，就唱——”

“您唱什么？”这种场合，木鱼磬鼓俱无，诵起经来白落得顽劣众生乱掌嘘笑，真险！真险！

“我就唱《王昭君》！”

“啊！”我们一惊！那个平沙落雁的《王昭君》？这……这……这……他们不成了“胡人”了！

“把他们吓坏了，不敢再唱歌！”空法师牵袖掩笑，说，“那么，我也可以安静看书了。”

我们都哈哈称妙，好一招“以其人之道还治其身”啊！王昭君若地下有知，必定惊坐而起，甘拜下风，说不定，还自毁琵琶！

可是，当他对我们唱起小小童谣时，那正襟敛容的慈颜，又有爱恋无限："一只细只老鼠仔，要偷吃红龟仔粿——"轻歌浅唱之中，他好像回到了她小女孩的童年，在宜兰的乡间，在半夜的月辉之下，真的看到一只饥饿的小小老鼠，在偷吃她藏的红龟仔粿。而她没有惊动它，它也没有发觉她；它在吃饱之后溜回洞内休息，她在看痴了之后也回到床上睡下，相安无事。于是，这只老鼠变成他心中的至交，他把这故事唱成一首歌，唱给没有吃过红龟仔粿的儿童及老鼠听——在那个月夜，众生是平等的，而宇宙亦于刹那之间和平地睡去，所有的人与所有的生灵，都只是一岁与百岁之别的小小顽童而已。

空法师学的是禅，寻常饮水、平日起居之间，常可以从他身上体悟到一些禅机妙意。但他不曾刻意着力于语言文字，一言一字皆平常心而已。因此，下根者听来，只不过是薄言浅语，中根者听来，若有意似无情，上智者听到，若非一番寒彻骨，可能也要直需热得人流汗了。

尚在佛学院就读的永宽师父，有一天到寺里帮忙法会，忙进忙出地张罗诸般事宜，正跑得满头大汗，站在一旁的空法师，得了空隙便轻轻飘给他一句话：

"永宽啊！慢慢走，不要匆匆忙忙！"

永宽师父告诉我这些时，其神色之凝重不可比拟。

我没当它一回事，宽慰他说：“这话没什么嘛！他只是关心你，怕你绊倒跌跤罢了！”

可是，永宽师父听在耳里，却另有木铎之音，回去参了几参之后，顿觉狂风骤雨打掉眼前迷沙，欢喜道：

“现在，我懂空师父的意思了！”

一句话，便藏着师兄弟间互安身心的密密意，这比十数张的纸短情长，更要有味哉！有味哉！

轮到我这个勘不破无常之谛、犹然迷醉于情天幻海之中的人受他当头一喝，是在约他一起去逛书店的那天。

那天，我穿着一身黑衣黑长裙，与他的黑长衫颇有异曲同工之妙。只是，我的衣服上绘有彩色的人像，在黑色系里显得十分惹眼，他看了我一眼，笑着说：

“带个人走路，不辛苦吗？”

我一霎时心惊胆战，为之语塞！他的话如暗器，句句是冰心冷魄针，专门刺探人家的魂魄，偏偏我这失魂落魄的人不幸被他乘虚射中，一时热泪冷汗几乎迸出。只是心有不甘，偏要逞强斗胜，抢一个口舌之利，遂脑若轮盘、心如电转，一念三千又三千尽作尘土，提不出一个话头语绪来反驳。

若要说：“心上有人，不苦！”那又骗得了谁？

若要说：“心上有人，着实苦！”又是谁把苦予你吃？

若还要说："身心俱放，即不苦！"明明是自解又自缠！

"情"之一字重若泰山，谁提得起？"情"之一字又轻如鸿毛，飘掠心影之时，谁忍放下？

正是两头截断、深渊薄冰进退不得之际，我满腹委屈偷觑他一眼，只见他平平安安走在台北的街道上，浏览四周的高楼大厦，自顾自说：

"其实我们出家人蛮好的，处处无家处处家！"一切意，尽在不言中了。

这经验，秀美是比我更深刻的。她到了山上，犹如"子入太庙每事问"，举凡饮食之事、磬鼓之声，乃至僧鞋僧袜，无不兴致盎然执礼示问。某日，她看到空法师的黑色长衫披挂于椅背上，一时心头奇痒，上前问：

"空法师，您的长衫借我穿一下好不好？"说着，便抄起长衫展阅端详，欣喜之情如对嫁裳。

志铭、叶子和我闻之愕然，恐她造次，齐声阻止：

"秀美！不可！"

空法师却不置可否，只将妙眉一扬，笑盈盈说：

"听说，穿过僧衣的人，迟早都会出家的哦！"

秀美一听，吃惊不小，面有土色。我们三人倒反而拊掌称妙，火上添油助长一番：

"秀美！穿上看看嘛！你已经有'出家相'了！"

“是啊！赌一下，看会不会真的出家。”

她那时正是大学里的新鲜人，又与某男子陷入恋网，前程正是灿烂。因此，闻言破胆，手中的黑长衫一时变成黑暗的、恐怖的图腾，只见她赶忙叠好，放回椅背，僵僵地笑说：

“……空法师，我……我看我还是……不要随便穿……比较好！”

这以后，秀美再看到黑长衫，必绕道而行，免得黑长衫自己长了手脚，一个虎扑披到她身上，害她出嫁不成反而出家。

等我看到《六祖坛经》行由品的时候，我才恍然大悟空法师的顽言笑语乃恳恳然有佛法大意。

经上记载，六祖惠能于三更受法，人尽不知，奉五祖之嘱，持衣钵南逃，“两月中间，至大庾岭，逐后数百人来，欲夺衣钵。一僧俗姓陈名惠明，先是四品将军，性行粗糙，极意参寻，为众人先，趁及惠能”。参寻什么？不在法不在人，乃在于衣钵。于此千钧一发之危，惠能眼见惠明已然戒刀高提，拔山倒海向他追来，便“掷下衣钵于石上，曰：‘此衣表信，可力争耶？’能隐于草莽中。惠明至，提掇不动”。

好个“提掇不动”啊！难道堂堂四品将军果真提不起这无垢衣、应量器？提掇不动的是心力，非人力啊！所以，惠明在一阵痛煎苦熬之后，终于悟得法在人不在衣，乃向四野寻唤，寻唤什么？“行者！

行者！我为法来，不为衣来！”

果真有求成佛道之愿，一件僧衣哪里是穿不动的？但是，“出家容易出世难”，若有人虽现出家相，而一双僧鞋走的是红尘路，一只僧袋装的是五欲六尘事，他何尝提掇得动百衲衣？若有在家之人，犹如维摩居士“示有妻子，常修梵行”，虽寻常衣冠，亦等然珍贵不逊于衣钵。这么说来，穿过僧衣终会出家之语，既点破“僧服之相”又启蒙“法衣之志”，绝非顽言笑语了。

世间名实之际，何尝不如是？若为修身齐家，一件嫁裳怎穿不起？若志在传道授业，教鞭怎执不起？若为继往开来，寸管怎提不起？若誓为经世济民，一枚玉印怎会受不起？但是，多少嫁裳缝制着、多少教鞭舞动着、多少寸管纵横着，却有多少人能承此一问：“你为法来，或为衣来？”

因此，看空法师慨然担负他的如来家业，如驮负一坛喜水的行僧，不辞遍踏泥泞之路，将法喜之水分享给既饥且渴的无助众生时，我们是既心安又心疼的！也许，就在这种爱之却又莫能助之的心情之下，我们更是想尽办法要吓吓他、整整他——这是另一种体贴吧！于是，我们回台大的大学口买了一杯“王老吉”——用黄连、龙胆草等熬制的大苦药，外赠一包酸梅救嘴，存心要看空法师的“苦脸”，他也很能顺遂我们的心，两双眼睛在深度近视眼镜里皱得“面目全非”，而后纵声大笑，自诩道：

“苦中作乐！苦中作乐！”

我们更得寸进尺，用野树叶编成数只小蚱蜢，准备乘其不意，往他怀中一掷，吓他一个“鸡飞狗跳”！谁知，他动也不动，叫也不叫，怡怡然说：

“何妨万物假围绕！”

在这一刻，我才领悟：三千世界滚滚红尘在他的眼里，早已系得一身亲切了。

已饮阎浮提一切河水

三月的风，燕剪裁了。

何妨，单衣试春去。

那么，就跟早窗外隐逸的太阳打个赌，也跟驮水的云驿打个赌，不穿厚重的衣，不带赘手的伞，一个人出门去。

一路人少，空气还未裹上灰尘格外地轻，游于肺腑之间令人清明。不远处，小小翠山未醒，当然，山前黄泥地上停着的卡车挖土机也未醒。清晨是和平的时刻，允许万事万物梦着他们的梦。因而，这满堆的钢筋废铁也不惹人厌了，而三合院式的红砖古厝也不怎么堪怜了。

想必，当初起造这屋落的定是一位温文儒者，要不，他怎么择上这“秩秩斯干，幽幽南山；如竹苞矣，如松茂矣”（《诗·小雅·斯干》）的福地洞天。只是，他老人家屈算不到，昔时的闲湖今已被高速公路切腹而过；翠山依旧，挖土机的铁掌方殷。至于书香子弟呢？我多次因好奇走到院落去伫立，只见门扉双掩，青苔暗绿，成了空山不见人。但依檐下晾着的衣衫判断，应有一老妪、一壮汉、一少妇及数名稚子。平常布衣，想必不是豪富人家；屋顶也无电视天线，可能有些许清寒。或者，早已迁入高楼大厦，只是在吞吐不惯尘嚣之时，回来偎一偎老厝的余温而已，所以才人迹杳渺。

对这个时代而言，翠山红厝也变成余温旧色了。我每日从左边的路口走出来与山色屋影招呼，又必须弯入右边的路搭公交车过柏油大桥。那种感觉，就像在一本精装的西洋经济理论名著里，翻出一页泛黄、蛀蚀、脱了线的古中国风土人物志。这一页，自然是寻不回原线装书去归还的了；就算看书的人有心要批几句旧情新意，写在新书上太空荡，提在旧页上又怕残篇太薄撑不住痴情文字的重。看书的人也就算了，依旧折好夹着，翻过另一页。

因此，我每日对山，淡淡清喜，都是捡来的。

从这儿到上班的地方，虽然有直接的公交车，偏我不喜日日走同样的路，把自己弄得早报似的定路定时投在固定的阳台，到入夜，又晚报似的送到固定的门扉。我情愿是一段游移文字而非一则消息，在日月晴雨之中，自四方的巷道穿过市集小区，看一栋公寓的人出来了，看一座市场醒了，这样，我便重组成一首晨诗，到上班的案前，才肯乖乖落款。

这座小区是新建不久的，有着年轻、干净的气息。初辟的小公园新得藏不住春，疏松的泥吮了雨水虽是肥润，但立岩上还是憨憨的白，似个未长苔须的青少年。更别说那枫、柏了，我猜，它们是未懂得秋落冬枯的礼节的。

但，这是春，谁管这些呢？况且，老先生老太太们在小公园里也很随喜。遛鸟的，叼根烟自在听鸟啁啾；打拳的，左右云手捧。老太太们都是卸职的旧村妇，扶着树干摇摇头、踢踢腿儿，且以很浓的各省土腔交换彼此的人情世故。小小园子顿时涌着欢声笑浪，我每回走过，总有溪水感觉。这岂不妙哉？老太太们不认得我，我也不知她们，两处不同时空的人却又在同一时空错肩，且在刹那时，把她们多少岁月才淬炼出的欢声笑语白白地抖落给我，我当然吃惊、受宠、欢喜了！因而我不禁痴想，当我的足音身影惹她们偶尔一探时，是不是也曾令老太太们钩沉许多当年女儿事？那或许在江南西堤、在战后空壕、在苏澳港湾……那或许是泪、是喜、是怨……总之，这些魂梦可以恣意地系在过路的我身上，而我也因此觉知这份牵萦的重量。这样想来，若魏王肯贻我一个时空大瓠，让我来挹这小小园子里的人情溪水，那清芬不知若何了！

看着一条露天菜市醒来，才知道做女人的幸福。

一辆辆的发财车驶到路边靠着，小贩们手脚麻利地摆起一列竹篓：蔬菜、水果、海鱼、鲜肉……等你走过，便一一招呼：“小姐买菜！”“太太要什么？”

《诗经》时代的妇女是没有这么幸福的。《周南》里有一首诗说：“采采芣苢，薄言采之；采采芣苢，薄言有之。”那一定是三五成群的妇女互相招呼说：“走啊！去采车前子吧！想要车前子的，快跟我们去采了又采啊！”据说，车前子是治不孕的。所以，有一桩心愿的女人家就特别勤：“采采芣苢，薄言掇之；采采芣苢，薄言捋之。”拾着地上落着的还不够，还要剥未落的。但我相信，也有一两个妇女意不在芣苢，她们去河边采参差的荇菜、池岸拔白色的蒿、于四野摘嫩绿的蕨……准备回家做几样可口的菜肴。等到她们相呼要回去时，采车前子的女人们一定笑她们抱着满怀的野菜如抱子；而她们也一定取笑这几个贪心的女人，满裙摆的车前子掖在腰带间，如同怀孕了似的。这便是《诗经》时代女人们采撷的幸福。

而现代妇道人家的幸福是另一种的，属于物阜民丰的那一种恣意。若说水果，冬天里买得到夏天的莲雾，春天还吃得到冬橘、柳橙，红色的小西红柿则没有四季概念，怎么也不肯褪色。这时代的女人是挽菜篮的女皇，一出巡，春夏秋冬都来朝拜，把它们多汁、丰实、漂亮的果子纷纷拿出来进贡。所以，我觉得女人买水果的时候，应该先掂在手掌上称一称春雨有多重？且爆一个响栗，试试艳阳有多厚？拧一拧果蒂，闻一闻秋收有多香？我站在一篓发亮的橙子前这么痴想，老板扯了一个塑料袋递给我，我不好意思拒绝，便闲挑着。记得几年前在公馆逛水果街，对着一车山也似的橙子不知从何挑起时，老板随手捡几个放入塑料袋里说："这几个一定甜！"我拿一个在手上审了又审，像珠宝楼的鉴定家，还是不得其所，便问："怎么说这个一定甜？"他指给我看："喏！屁股上有一个硬币的！"我大笑，和他一道找屁股上有一枚币痕的橙子，直称了五斤多才捧着回宿舍。但今天我只需买两个就够了，因为冬藏的烙印我早已晓得了。

至于菜摊子上，陆地与海洋的消息都有的。逛菜铺，像逛一则则的童话：玉米棒是扬须爆牙的小老头，白萝卜的澡雪精神像清官廉吏，胡萝卜是忠烈祠里断腕的壮士，那豌豆，则是属于枪战时代的。有一个故事说，一个小男孩拿豌豆当子弹，一共射了五发，其中的一发正巧射在一家二楼的阳台上，那里面住着一个生病的瘦弱的小女孩，生命垂危。有一天，妈妈替她拉开窗帘，发现了正在冒芽的小豌豆，就跟女儿说："你快看看，不知道什么东西在我们阳台上抽芽呢！"那小女孩很好奇地问妈妈到底是花种子呢还是树种子，妈妈说："你自己问问它嘛！"小女孩从此每天看着嫩芽，看它舒叶、看它爬行、看它开花，终于有一天小小的果实嘻然一笑，小女孩舒着一口气说：“哦——原来是一棵豌豆呢！”而她获得了重生的秘诀。

不知道有没有一位妈妈将这么多的果菜买回家，除了炒成一盘盘可口的菜给孩子吃之外，还将果的传奇、菜的寓言告诉给孩子听？那必是一个很动听的故事，属于太阳、土地、水分如何孕育万物的，也属于浩瀚人世间每一个生命如何被万缘包容、受宠、欢喜的！

有一群歌声伴着风琴飞来！是这小区一家幼儿园正唱起早安歌。嫩嫩、细细、尖尖的童音参差着，若天籁！遛鸟的老先生走过幼儿园门口，脚步慢了，歪着头看着。拄杖的老太太们走过，指指点点地，不知又忆起什么。有三两个挽菜篮的女人干脆依在铁栏杆外，认真地看，我猜她们是孩子的妈妈。

红砖绿瓦的时代不再了，老先生老太太们的心事我们也不可能去亲历，但，他们认真守护过的时空却延续成今日我们的立足之地；而我们认真看守住的每一寸时空亦将成为孩子们歌声的草原！那么，旧与新嬗递的伤痕不重要了，老与少不相识的鸿沟夷平了，每一个人都是圆浑的终点且是晶莹的始程，就像是一首源源不绝、缘缘相护的天籁，任一个音符都跃向无限！

就像什么？像闲来翻经翻得的那句话：“若有人于河中掬一瓢饮，

当知，已饮阎浮提一切河水。”当我们俯身就着生命河岸，以一己有限的时空为瓢时，当知一瓢之掬，已饮世间一切河水！

至于，一切河水滋味如何？——嗯！我说，这橙子果然甜。

山峦来取水，河川就腰疼

虽然不再有青春踏歌的心情，但一行人结伴游郊倒也放纵。

阳明山公园与市嚣为邻，极适合短程探访，也正因如此，部分景色已祛天衣。这也是人与自然的矛盾处，人从大自然来，掘穴筑屋，又不能忘情灿烂花木，总千方百计要移香换景，图眼鼻之福。如果山峦有翼，河川有足，恐怕早已飞天。

规划一座公园，恐怕是想还原人与自然的礼数，让蓝鹊敢于啼春，让麝香凤蝶敢于披裳，让梦幻湖的水韭敢于仰泳，让杜鹃们敢于裸唇。

在胭脂山樱下歇坐，实在难忍心头之痒，闻香不够还想偷色，这大概是人心中的欲虫在动。终究还是忍了，地上的红英可拾，这是落花有意，若伊仍在高枝，就不可逼人失身，这是行人清白。

水鸟山花悉说般若妙谛，人来听经。

最美的是清晨的擎天岗，早云走山，天色浑然。一行人个个在风中迷踪，苍茫的是天，雄浑的是山，典丽的是人。阳光自东方赶来赴会，为众生披衣。

这就是我所喜欢的“家园”，心灵于此时舒放，也不问路，随山的曲线起伏；也不攀折什么，随目之所遇而情成；山府阜壤偕日月星辰待客，人以福德布施，七宝琉璃遍满虚空。

山巅处，一座废弃的碉堡，几位诗人一跃而上，颇有一副顶天立地的气概。

“每天，阳光从这里分批出发！”有人高声说。

日头裂出，山峦准备要取水，远处河川，扭着腰逃了。

花的瘀伤

茄子开花是紫的，汗毛毛扎了手是痒的。

四季豆开花像白脸媳妇咬唇自尽，一胎豆荚四五个紫冻冻的婴。

鸭跖草开花任人践踏，生在路旁就是娼家，春来也春去也，小小紫衣铺成一道雾。割草的孩子割破了手，采把紫花黏伤口，紫花吮血流红色的泪："疼了你哟疼了你。"

牵牛花儿不牵牛，顶着紫饭碗，穿过蔗园穿过稻田，成天找媒人；媒人无消息，农夫扯来填沟渠。

丝瓜黄花，丝瓜黄花，蜂也来蝶也来；结了好瓜做好菜，结了歹瓜剥皮洗碗筷。

竹花白稻花白，洗眼看尽花事哀。绿幽幽的竹叶，给麻雀住了；

白嫩嫩的笋子，给人掘了；直溜溜的竹心，挨不过七月半，孤魂野鬼争着采。米要做饭米要做粿，做饭养人做粿祭神鬼，一箩筐粗糠喂了灶口烧成灰。竹花问稻花：“快瞧，茄子又开紫痒痒的花！”稻花劝竹花：“瞧什么，还不都是女人家。”

我在找一朵花，水红红地艳着，别在襟上，人人见了人人瞎眼。我衣衫褴褛，卷起裤管涉过寒江，这是个下雨的冬天哪，举头望不着一粒星。皲裂的脚浸在水里丝丝地疼，疼了皮疼了肉又疼了筋。我要找一朵红花。河面上枯枝死藤浮过来，揽腰劝我别去，我不管，一手拂开，一步步横移一步步深，我的艳妹妹等我哩！河底烂泥吮住我的脚，脚不疼了，脚快守不住身哪，伸长些，再一寸，擒住了南竹根牛膝草岸就到了，岸那头有个小春天停泊，绿草浪一重重地翻，翻出我的艳花朵。枯树根也好，死蔓藤也好，岸快到了，岸快到了，就算天都黑了，我也认得出哪个是红花朵。

伊在乌黑的发上簪一朵小小的红缎花，听人说过门媳妇三个月犹带喜，会招小兄弟。伊穿起寻常布衣，洗米择菜，不时偷个手摸摸红花在不在。伊的男人种田，晒黑了一张脸，大清早吃饱，咂两个响嘴，踢开柴门大步大步去，也不回头掩门。伊知道他得意着哩，讨了媳妇，女人会驱鸡赶鸭，把地扫净了，再嘀嘀咕咕替他把柴门拴好。伊算了算，再簪一天或者两天，把红花儿取下，免得村头厝尾笑话她。黄昏雨丝丝地下，像做女红的绣线。鼎内的饭沥好了，再撒一把粗糠，闷一锅清粥，中宵不寐，喝粥说话。菜也择了，伊想了想，别急着炒吧，先去喊他，他走路回来一刻钟，炒菜五分，煮汤十分，他进门，伊去掩门；他净手净脸，烧一炷晚香，伊去布桌，饭也热得恰恰好，菜也绿得恰恰好，汤也烫得恰恰好。伊想清楚了，撑伞行到竹丛下，隔着一条大江喊他："饭——煮好了，可以——回来了！"伊抿嘴偷笑，其实菜还没炒哩，他若回得早，一定饿得像一只瘪狼，就叫他先填饭吧，他要怪，也有理说，刚刚只说饭好，没说菜好。伊又想，天黑雨又大，不知他听到没？提着嗓子还要喊，可是心里头怯怯地，小声嘛传不过江，大声嘛江边人家明天会笑她，说……说新媳妇喊丈夫，把聋子的耳朵也喊活了。伊只好不大不小地喊一遍，没动静，才听到他咳一个嗽，也不甜不腻地回了："知——道了！"伊快步跑回厨房，炒菜五分，煮汤十分。雨还是淅沥沥地落着，雨落的时候，石子路上生大大小小的水洼，他走路回家，会踩到几个水洼？伊坐着，闲了手，把干衣裳给叠了，两人的衣服叠在膝头，一点也不重，大衣服在下，小衣服在上，明年会有更小的衣服呢，明年的衣服叠在膝头就重些呢。伊低头嗅了嗅，雨天不好，衣衫晒得不够酥香，抽出他的长裤，用手一一纠探，果然裤腰头还未干透，不干的裤腰挨着肉，脊梁骨会凉飕飕。伊又撒了一把粗糠，锁了灶门，把长裤摊在锅盖上烘干。伊知道女人的衣服不能爬上灶头，可明年若生了女娃，伊就不管这些，娃儿比神还大呢。伊又闲了手，厅堂里晚灯迷迷，伊取下小红花觑着，花朵有些扁了，伊一一将花瓣拈了，有的合一点有的开一点，花朵拈得真真的，划了两下发际，又簪了回去。雨愈下愈大，像有人在屋瓦上撒黄豆，黄豆泡水会软，豆膜儿浮在水面像一只空船，黄豆磨成粉，不清不白也不黄。明天去镇上买黄豆，后天透早，不让他吃粥叫他喝浆，可是喝浆快饿，种田又是粗活，配包子好呢还是配馒头？伊打了呵欠，想心事怎么也会饿？扶筷尝一口菜，喝一口汤，菜冷五分，汤冷十分，用手贴了贴饭锅，饭冷三十分了。雨还不想停呢，伊撑伞出门，这回要凶凶地喊，喊破了嗓子最好，今暝一整夜不跟他说话，饭啦菜啦汤啦粥啦衣啦洗澡水啦，都备了，他就没话说，他没话说只会吸鼻子搔耳朵，他只搔右耳朵，找的尽是田间的话头：土堤崩了，嗯；谷价要涨了，嗯；遇到谁了，嗯；要不要种白萝卜，嗯……他只搔右耳朵，一边儿热烘烘地，一边儿白苍苍地。夜里只疼他那冷冷的左耳朵，再告诉他，右耳朵搔掉了，明晨你自己蘸酱油吃掉，他不敢搔右耳朵，就搔左耳朵。伊想得发笑，踩中了一个水洼，还未行到竹丛下，江厝边一名女人家，赤头赤足攫住了伊，伊移伞为她护雨，拍拍她的背等她咽口气，说哪，说啊，怎么不说哪？她说伊的男人贪路短，涉了江。伊想，这女人怎么编笑话哄我，走路十五分，涉江不过五分。

“我的男人想留在你家吃饭与你的男人话庄稼，我就自己吃饭不打紧，央你给他讲，下雨天的，早点回家。”女人扯了扯伊的布衣袖，愣愣地说：“你的男人给大江淹了！”伊眼睁睁地看她，怒了，作弄新媳妇也得依个正法，掷伞，双手狠狠地撵她：“你去给大江淹吧！”伊一身淋湿，湿衣裳最会黏肉，伊追到路头，指着女人的背影辣辣地骂：“我的男人活着出门，我的男人不会死着回家！”伊想，雨下得真是大，捡了伞，又在泥洼里找到那朵红艳艳的缎子花。

我要走遍江岸，只找一朵花，簪在发上，没人看得见。茄花紫，稻花白，我不稀罕；丝瓜黄花，葫芦白花，我也不藏；黄花油菜田，白花瓮菜园，我看也不看。我要找一朵黑溜溜的花，纯纯地黑着，憨憨地笑着。我采了，就簪在发上，我的发在哪里，我的花就在哪里，我若走着，花就动着，我若躺着，花就卧着。这花呢古怪，有新沥饭的香，有黄昏雨的密，还像初沸的豆浆，甜甜地细。我若找到了，也不会对人说。这花呢多了两片耳朵，一边儿热烘烘，一边儿冷凄凄，簪起来，比生还优美，比死还贞节。

文学的鱼群

【初裳】

云是树林的披肩，风是碎石路的纱帕，而刚走入文学国度的人，总喜欢用散文做短衫，拿小说裁百褶裙，诗是纽扣。

【缁衣】

如果有人认为文学是不着尘色的白裳，那是因为他遗忘了“现实”这一件缁衣。崇拜杜甫的人，不见得读得懂杜诗，但我们不难想象，当杜甫访友归来，一进门问他的老妻的第一句话，也许是：“尚有油盐否？”

【伏流】

文学如同溪涧，允许不同姿势的浏览与品味。好寻思的人，临流自伤，说人生也是不可眉批的东逝水。自诩清高的人，水清濯缨，水浊濯足，一向自在。至于率然天真的人，俯身溪岸，一咕噜一咕噜地畅饮，把自己喝成一条支流。

【参商】

不必观天象，你的指掌自能屈算人事。若有酒，何不空杯？若有驿车，何不共游？人生动如狡兔，静如处子，一旦扬镳分道，若要相见，须问参商。

【天爵】

露，宿于草脉；蝶，恋于花房。露与蝶是草与花的冠冕。至于人世重名，只是“赵孟能贵之，赵孟能贱之”的履历；天所赐予的玄端章甫，却往往在于：一片春阳、一座童堤、一桩无法典当的姻缘、一段不可变卖的文学。

【唱晚】

所有的笙歌琴音收束于一个指势，繁华之后，只剩空夜里的上弦。歌偏阳春，你的知音再给你一次热切的掌声，下一曲呢？依稀，生命到达了彼岸，你收起弦琴，站起，深深一揖：“我倦欲眠君可去。”

【雄浑】

当女娲炼石补天，单单剩下一块未用之时，雄浑之气已然锻炼，自行游历于人间世事，等待崩裂。

赶着驴子去市集摆摊的民家，只急着拿这块彩石，压住铺在地上的布，好让生意顺当，怀兜里的银两愈进愈重才妙。

河畔浣洗衣裳的姑娘家，抓着石块打得脏衣服流汁，好似逮住薄情郎一样，搓洗一阵，随手把石头丢入江河里，想的全是驭夫训子。

那一日，江水滔滔，行吟泽畔的楚国屈大夫，揽身一跃入水，忽然江底的石头崩裂，鱼龙四奔。

从此，玄黄之地有了补不完的龟伤。

【冲淡】

好比一滴泪掉入江河里，才会懂淡而不化的心情！

在古远的、兵荒马乱的年代，女人的心好似唐装襟上的盘扣，一个布环紧扣着一个布锁，就这样背着孩子抱薪举爨。思夫与望乡的眼神，如烟，散得快。

在晚近的、寻常日子的岁月里，女人的心好似一根穿了线的针，把温情缝给远游不归的子女，一针一线地将异乡的风雪挡住。线尽针钝，女人也老了。

打了一个死结，女人将自己咬断，唾到窗外去，好比一滴泪掉入江河里。

【秾纤】

采采流水，蓬蓬远春，啊！这是个多雨的地方，心情好似青苔。雨滴沿着屋檐而落，更漏声声；夜，是给人覆盖在心事之瓮上的，拿着芳龄的红麻绳一勒，久而久之，便是春醋。

雨似牛毛，也碍不了我要出巡的意兴。发髻上布满雨的碎珠，眉睫之间，好似雾湿楼台。山风清沁，野林苍翠，好吧，我来采荇。采不盈袖，正要拔起银簪搔一个湿意，却眼见深林处奔出快蹄，好一个骏马吉士！

把荇菜散入河里，我想听关关雎鸠。

【沉着】

古来功名，无不在锣鼓声中隐隐然寂寞。

色衰爱弛的，是美人心事；尚能饭否？是将相块垒。然而，我们难道不能在名缰利锁之中做一个脱巾独步的逸士，在仓皇岁月中扬鞭，做一个誓死无悔的轻骑！

等到老来，且让我沉剑埋名，独与绿杉野屋惺惺相看。如果你仍爱策马高游，倒不妨择一个日闲气清的节令，来与我对弈；我当卷袖煮茶，捻须鏖战，似当年战场。

兵卒已尽，将帅相逢，吾仍有下一步棋。

【高古】

吾垂垂将老，鞋履都破了。

上山伐木，下山沽酒，吾乃野樵一名。薪材卖给城里头的好人家，那升起的炊烟恐怕遮得住一个日头！城南那个磨刀老王，见着我就嘀咕："你还剩几两力气能使？多喝酒才是正事。"

说得是，吾今日起早，照常上山，故意不拿眼睛瞧那些劳什子大树小枝，可也怪，不看就不会走路，瞎子一样；好比看到漂亮的娘儿们，正常的男人都会犯痒。

吾下山第一要事，抓着老王的膀子求他："快，给我打一把亮刀！"

【典雅】

春风好媒妁，说动一树榴红。偶来雨多，茅屋又新破，且戴一笠，借故去访邻居家老叟。

巡着江岸梅林，一颗颗睡饱了的梅子，正是青里一抹红透，得着此刻无人，且摘它个两袖清风、一袋新酒。世间的功名不能裱壁，就向天地讨一笔闲钱糊口。

正算计着老叟家的那只古瓮，怎么着，一辆快马驰过，溅得我一身泥泞，定睛一探，可不是城里那位窜了功名的新进？

且拼春风一叹，还好，近日雨多。

【洗练】

半夜不眠，推门至院落，院中的莲雾树熟了，有一枚红果悄然坠落，我剪一段月光裹住心伤。

七月的虫声是炸了线的唐诗三百，格律皆破，独独押一个锡韵：寂寂寂寂寂寂。我说：渔人哪，你竟不如一只虫子，你三年未归。

瀚海无路，只有“等”字，你不妨托星月当信差，若我裁得一截银白的咸布，渍痛了伤口，我便知晓，你已无法回来。

【白蛇三叠】

一、白素贞

西湖清雨，怎能遮拦我下凡的坚贞，灵山云境偶有日夜，我闭目养神犹见千年前的你，当着穷林莽野的面，搭救一条干涸的小白蛇。

只能怪我不解人意，端午的龙舟竞河，粽香弥过满庭的栀子，你背着我调起雄黄酒，粲然地说：“娘子，我为你点额！”

人世的沧浪，犹能一苇杭之；法海的冤债，终究是独吞的苦果。

雷峰塔下，我安静地守着永夜，每年端午，你要在门帘悬挂榕枝艾叶与菖蒲，为我们的儿，以雄黄点额。

是不是落雨了？多么像那一日西湖，我以千年的修行来还你一次女儿身。

二、许仙

一把伞骨，撑出三十六重恩爱，离人雨絮，也掩不住你微湿的华丽。

我要牵住你冷滑的手，一直到我简陋的许氏家祠。我乃落拓书生，以错瓦覆屋，一坛西湖雨你仔细收着，剪烛煮茗，或五月节，我们以糯粽、艳桃脂李祭拜天地。我要与你对饮雄黄酒。

只怪我不解仙机，你冒死潜入仙林，为我偷来灵芝草，我竟为僧道所惑，推你入永劫的雷峰塔。

今世的果当是来世的因，千年前的恩你已还报，千年后，你要再走一趟西湖，好好等我许仙。

三、许梦皎

雷峰塔的每一块瓦印着我十八年来的手泽，娘！亲生的娘，犹如西湖水湄，仍认得你化人的坚忍。

不忍再尝五月的粽香，人世的恩义不能解救你的奇情，我何堪再点雄黄？

我日渐舒络的筋骨，响彻着你温柔的女声；我于檐下观雨，都听到你满腹的委屈。你修来的共枕眠，只换得我们母子，不曾谋面。

今日溽暑，我以一瓢西湖水酹你，雷峰塔怎镇得住，人子的一片清凉!

图书在版编目（CIP）数据

心中有片海的人 / 简媜著. -- 北京：北京联合出版公司, 2020.1
ISBN 978-7-5596-3720-8

Ⅰ. ①心… Ⅱ. ①简… Ⅲ. ①散文集－中国－当代 Ⅳ. ①I267

中国版本图书馆CIP数据核字(2019)第191376号

北京市版权局著作权合同登记 图字：01-2019-6687

本著作物经北京时代墨客文化传媒有限公司代理，由作者简媜授权在中国大陆独家出版、发行中文简体字版。

心中有片海的人

作　　者：简　媜
责任编辑：宋延涛
封面设计：闫薇薇

北京联合出版公司出版
（北京市西城区德外大街83号楼9层　100088）
嘉业印刷（天津）有限公司印刷　新华书店经销
字数153千字　880毫米×1230毫米　1/32　8.25印张
2020年1月第1版　2020年1月第1次印刷
ISBN 978-7-5596-3720-8
定价：45.00元